Cobertura

El Arte de la Intimidad

Hank Vanderbeek

Mayo 2024

Las personas en este libro son ficticias. Cualquier parecido cercano con personas reales es estrictamente una coincidencia.

1. Excitación sexual. 2. Instrucción sexual. 3. Seducción.

Escanear, cargar y distribuir este libro a través de Internet o por cualquier otro medio sin el permiso del editor es ilegal y está penado por la ley. Compre únicamente ediciones electrónicas autorizadas y no participe ni fomente la piratería electrónica de materiales protegidos por derechos de autor. Se agradece su apoyo a los derechos del autor.

Derechos de autor _____

Un agradecimiento especial a Mónica Barrón por las muchas horas que dedicó a traducir este libro del inglés al español.

Contents

Prólogo v

Capítulo 1 1

Capitulo 2 7

Capítulo 3 24

Capítulo 4 28

Capítulo 5 44

Capítulo 6 52

Capítulo 7 63

Capítulo 8 70

Capítulo 9 85

Capítulo 10 94

Capítulo 11 106

Capítulo 12 119

Capítulo 13 130

Capítulo 14 144

Capítulo 15 153

Prólogo

De pie en el pasillo y alcanzando mi equipaje, me golpean. Me doy la vuelta y noto que es una mujer atractiva.

Ella dice: "¡Adónde te diriges, muchachote!" (Bueno, no había ningún muchachote). Resulta que ambos teníamos el mismo vuelo de conexión.

Me dice: "¿Me acompañas a tomar algo durante la escala?"

"¡Me parece bien!"

Acepto sin dudar, al menos mi ego acepta sin dudar. Mi yo pensante dice, ¡Que más da, por qué no!

No porque me sienta solo y tenga dificultades para tener compañía, sino porque ese tipo de cosas no suceden tan a menudo, y cuando sucede, la mayoría de la gente generalmente simplemente dice que no porque es mucho más fácil, más simple y más seguro en un mundo tan emocionalmente inestable...

He intentado estar abierto a lo que la vida me depare. ¡Yo digo: relájate y diviértete!

Una hora más tarde, después de haber tomado dicha copa en la terminal del aeropuerto y afuera de los baños en la parte trasera del vuelo de conexión, espontáneamente le planté un beso en su deliciosa boca aceptadora. Ella sonríe y me mira a los ojos como para decirme gracias, ¿o estaba diciendo entra al baño conmigo?

De hecho, cruza por mi mente colarme en el baño con ella,

pero no quiero que me echen del avión por una conducta impropia de un adulto semi-serio.

Estoy seguro de que en algún parte de las Directrices federales detallan algún tipo de castigo exagerado por participar en actos procaces y lascivos de este tipo en el dominio público, aunque solo sea detrás de las puertas cerradas con llave del baño. En lugar de eso, volvemos a nuestros asientos y comenzamos una sesión de besos para adultos como adolescentes.

Afortunadamente, ese tipo de comportamiento todavía está bien en los aviones, a menos que alguien se queje porque les resulte incómodo, por supuesto. A nuestra edad uno pensaría que lo sabríamos mejor, pero de todos modos, ¿Qué tiene que ver la edad con todo esto? dice Tina Turner.

Y nos besamos, hablamos y reírmos durante tres horas que duro el viaje en avión.

"¿Te gustaría una manzana?" ¿Qué dice sobre alguien que comparte su comida? Estaba empezando a sentir cariño por esta persona tan amigable y divertida.

¡Bueno en realidad no! Pero, quiero decir, con mucho gusto intercambiaré saliva, pero ¿compartiré comida? ¡Venga ya! ¿Quién hace eso?

"Gracias, pero no tengo hambre."

El Art de la Intimdad

Capítulo 1

"Nunca dejes que el miedo a poncharte te impida jugar." Babe Ruth

Una mujer, después de aterrizar y haber escuchado la señal de desabrocharse el cinturón, saltó al pasillo para coger el equipaje del compartimiento superior mientras me empujaba hacia un lado.

Volviéndome para ver quién tenía tanta prisa descarada; este, quiero bajarme rápido, dijo: "¿A dónde vas?"

Supongo que para distraerme del golpe que me estaba dando. No es que me queje. Porque sus glúteos, los que usó para apartarme de su camino, no me sentaron ni medio mal.

Más tarde le hice notar en broma sobre su comportamiento poco civilizado, a lo que ella respondió: "A veces no me doy cuenta de los demás y estoy en mi propio mundo."

¡Nos reímos!

¿O me observó durante el vuelo y el golpe fue intencionado? Yo estaba sentado en el asiento del pasillo al otro lado y justo delante de ella. Estaba posicionada para verme bromear con la azafata, durante el tiempo de refrescos, café, té gratis o pagar por otras cosas.

Nos mantuvimos cerca mientras desembarcábamos. La ayudé con su equipaje. Estaba en una estadía de dos semanas para visitar a amigos y familiares en Nueva York y el sureste. Una vez

El Art de la Intimdad

que pasamos por la Aduana seria, todavía teníamos aproximadamente una hora para tomar una copa antes de tomar el siguiente vuelo.

En una mesa de un restaurante cerca de nuestra puerta bebimos un quartino de house white y charlamos sobre su viaje, el mío y compartimos fotos telefónicas de familiares y amigos. Regresaba a casa después de unos días de vacaciones en las Bahamas, donde mi nuevo mejor amigo llamaba hogar, pero nació y creció en Escocia.

Mientras bebíamos, me regalaron una pequeña y colorida pieza de porcelana, no sé bien por qué, tal vez como agradecimiento por el vino o como gesto de amistad, pero aun así me sorprendió gratamente. Quiero decir, ¿quién hace regalos a la hora de haberse conocido?

Me pidió que la acompañara a tomar una copa y recibí un regalo. Ella es divertida, agradable y le gusta relacionarse con desconocidos. ¿Qué había hecho yo para tal generosidad? Lo pensé por un momento.

Debí haber sido amable con alguien en algún lugar recientemente, y estaba volviendo. ¡No puedes meterte con el Karma! Lo que siembras, cosechas. ¡Siembra bien, cocechas bien, siembra mal, cocechas mal!

"Entonces, ¿dónde te sentarás en el vuelo hacia el norte?",

El Art de la Intimdad

Le pregunté. "En pasillo no muy lejos de mi asiento junto a la ventana", fue la respuesta.

"¡Ningún problema!" Le dije.

"Simplemente arreglaré un intercambio de asiento con la persona sentada a mi lado; su asiento del medio por su asiento del pasillo."

Ella pensó que sería divertidísimo y dijo: "Probablemente no funcionaría."

Nos sentamos juntos durante el vuelo de tres horas a Boston. No soy tímido en situaciones sociales cuando tengo un plan y un propósito, gracias a mi gran poder de persuasión (¡ja!), pude negociar un intercambio con mi compañera de asiento porque ella prefería el pasillo, y sin causar una interrupcion importante en el tan ansiado proceso ordenado de búsqueda de asientos valorado por las aerolíneas cuyo objetivo es realizar entregas seguras a tiempo y una obediencia encadenada.

¡Pero volvamos a los besos! ¡Sí! Normalmente no espero a la primera cita para ir al besuqueo. Si se siente bien, entonces probablemente lo sea, así que ¿por qué ser trillado? ¡Vivimos una vida corta y apresurada!

Quizás soy adicto al subidón químico que libera un beso. Es un subidón rápido, pero quien busca compromiso. ¡Yo seguro que no! Al menos no en ese momento.

La idea era que esta chica era simpática y tenía ganas de abrazarla, sostenerla y besarla. No estoy seguro exactamente por qué.

¡Pero quién sabe realmente sobre estas cosas! Tal vez sea como con un bebé, sólo quieres abrazarlos. Así que la besé y la abracé más de una vez y ella me devolvió los gestos. Juntamos nuestras cabezas y nos abrazamos. No me pidas que te explique un abrazo de cabeza, ¿vale? Simplemente reconoces uno cuando ocurre.

Antes de que terminara el vuelo, supe que quería pasar más tiempo con ella.

Permítame presentarme. ¡Soy Carlos Cruz! Soy mayor que la mayoría cronológicamente, pero más joven que la mayoría sociológicamente. Educado a nivel de posgrado, escritor, pensador y deportista. He competido en la universidad y he organizado eventos deportivos, carreras de atletismo, triatlones y otras actividades para mantenerme en forma que desafían la edad y son importantes para mi bienestar, o algo así. Vestirme con cuidado con ropa elegante y que me quede bien, ser cortés y amable con los demás, asistir a actividades caritativas y políticas, también es parte de mí.

Incluso sufriré a los tontos, porque sé que todos tienen algo que enseñarme, hasta que sé que no puedo ayudarlos a sentirse mejor consigo mismos. Con más de seis pies he disfrutado de buena salud, educación y padres buenos y amorosos; una madre que llenó mi corazón rebosante de amor incondicional, si es posible, suficiente para sustentarme toda mi vida.

Huck Finn habría estado feliz con lo que me brindó mientras crecía. Mis faltas son muchas y curables. Trabajo para mejorar cada día. Si me lo señalan, le daré las gracias por señalarlo y luego le diré cortésmente: ¡piérdase! ¡Bromeo!

Estudiante de espiritualidad y relacionarme con personas positivas nunca ha estado fuera de mi vista. El inconformista que hay en mí ha sido fuente de muchos problemas a lo largo de los años, pero prefiero dormir sabiendo que no comprometí mis ideales, a diferencia de papá, que siguio la corriente para llevarse bien y conservar su trabajo para poder alimentarnos a ocho. Pero ni a él ni a mi madre les faltó amor por sus pequeños, ni tuvieron miedo de demostrarlo.

Al final del vuelo tenía detalles generales de sus planes de vacaciones, su información de contacto y un acuerdo poco claro para reunirnos antes de que ella se marchara de Nueva Inglaterra. No quería entrometerme demasiado en sus planes, pero sí quería verla y sentía que el sentimiento era mutuo.

Quizás fui un soporte de un solo viaje en avión, una forma

de pasar el tiempo de una forma fuera de lo común. Tal vez ella era una parachoques en serie del tipo de quieres tomarte una copa. Bueno, en ocasiones no estuve muy lejos de esa descripción. ¡A quién estoy engañando!

Admito que he sido acusado como un jugador. ¡Prefiero un humilde encantador!

La única posibilidad real de una cita se centraba en su visita a Vermont. Iba a conducir desde New Hampshire a Vermont para visitar a unos amigos durante la noche. Mi sugerencia de pasar la noche juntos fue recibida sin entusiasmo: "Pero eres un extraño."

¿Fue eso una provocación o quiso decir que no te conozco lo suficiente como para tener una relación tan pronto?

Superar el estatus de extraño antes del final del vuelo podría ser un desafío si eso no fue una broma. ¡Tuve que pensar rápido!

Veamos: me golpearon, me invitaron a tomar una copa, me dieron un regalo, me besaron y abrazaron, y ella no dijo: "¡De ninguna manera, José!" ¡Esta chica no perdió el tiempo!

Estaba pensando que el comentario del extraño era: "¡Hola, guapo, no soy fácil, sabes! Pregúntame de nuevo, ¡vale! ¡Esta vez fue la excepción o siempre fue así de Coqueta!

El Art de la Intimdad

Capitulo 2

"Si quieres que tu deseo se haga realidad, debes atravesar el puente cubierto." Margaret Wister Meigs

¿Cómo se llega al estatus de no-extraño antes de que finalicen los vuelos? Ella respondió a mi pregunta: "¿Estás casado?" Sentí que la respuesta correcta era sí. Entonces, ¿por qué mentir?

¿No es siempre más fácil simplemente practicar la veracidad? ¡No! No, a menos que seas un autómata. Cada situación exige su propio conjunto de respuestas. Respondí: "sí." No entré en detalles y ella no indagó.

Pero no profundicemos demasiado en la psicocháchara, al menos no por ahora. Dije la verdad. Estaba casado y lo había estado por mucho tiempo.

Estoy casado con una buena mujer que amo y que me ama y sin demasiadas condiciones. ¡Creo que de todos modos! Ella me dijo no hace mucho que estoy frito cuando empiezo a babear en la mesa. También fueron motivos de divorcio o al menos de una reprimenda repentina, dejar caer migajas en el camino de la cocina a la sala de estar, dejar caer el recorte de la uña del pie al suelo, abandonar el hilo dental en la mesa de café y otras negligencias graves y *no me amas si actúas de esa manera.*

Mi esposa no está interesada en iniciar un romance y es

adicta al trabajo. Quería una vida romántica y activa. Mi urólogo me explicó que la mayoría de las mujeres blancas no están interesadas en el romance después de la menopausia, mientras que las mujeres hispanas sí.

Parecía que a mi esposa no le importaba nada. Parecía algo olvidado hace mucho tiempo. ¿Fue mi culpa, había perdido interés en ella? No sé por qué su interés romántico había decaído.

No creo en la teoría de que no te desviarás si eres feliz en tu matrimonio. Obviamente, los psiquiatras que escupen esa teoría son cristianos que hablan del matrimonio como si todos fueran cristianos. Los mormones y medio mundo pueden amar y tener romance con más de uno.

De todos modos, me atrajo Bumper Lady, punto. ¡Estaba en plena persecución! No iba a correr a casa y pedir el divorcio para poder estar bien con la sociedad.

"¿Estás casada?" "Sí, fue la respuesta rápida." Ella siguió, pero hemos estado separados por muchos años."

Esperé más información que no llegó, así que lo dejé pasar por ahora.

Todo lo que realmente quería era alguien que me importara lo suficiente y que se preocupara lo suficiente por mí como para reunirnos de vez en cuando en alguna parte del mundo durante semanas y tal vez meses seguidos. Mi esposa no estaba interesada en los viajes ni en la aventura. ¡Sólo trabajo! Quería aventuras y alguien con quien compartirlas. Se presentó como Lucía López. ¡Ah! Uno de mis nombres favoritos, dije.

Lucia significa "luz" y es la grafía latina de Lucy. Es más, es el nombre de niña más popular en España.

Ella sonrió cuando le dije que estaba casado y dijo: "entonces no eres un extraño." ¡Está bien, pensé! ¿A que se debió todo eso? Esta chica no quiere compromiso, o tal vez le gustan los desafíos, o con una tasa de divorcios superior a la de rupturas, o… ¡quién diablos iba a saberlo!

¿Se siente más segura con hombres casados? ¡Me preguntaba! Seguramente la mayoría nunca dice lo que quieren decir, entonces, ¿cuál era el enigma? ¿Qué estaba tratando de decir y no pudo o no quiso? La respuesta era un código para algo. Descifrar el yo interior de esta mujer iba a ser divertido. Como de costumbre, estaba preparado para el desafío.

Generalmente cuando alguien quiere salir con personas casadas es para evitar salir lastimado. Es una sensación de control en la relación. Me pregunté quién la había lastimado y cuán recientemente. Una relación con una persona casada le permite a uno tener el pastel y comérselo también; romance sin compromiso. El romance con compromiso está lleno de peligros. El romance se puede abrir y cerrar como un grifo con una persona casada, pero los sentimientos que pueden desarrollarse con la persona libre de trabas se desarrollan más fácilmente sobre todo si buscamos una sola persona, y no se apagan y encienden tan fácilmente. El factor que complica la situación es el deseo de alguien o algo que parece escasear.

Los solteros se agotan más rápido que los bolígrafos gratis en una convención de agentes inmobiliarios, así que si aparece uno, la tendencia es esforzarse más de lo que lo haría de otra manera, más de lo que lo haría con una persona casada. Cuando te esfuerzas más, te engañas pensando que lo quieres más. Entonces te habrás apegado a la búsqueda y el apego no es el camino hacia la bienaventuranza y la felicidad interior.

Te alegras si obtienes lo que querías y piensas que ahora eres feliz, pero es posible que hayas pasado por alto algunos rasgos personales importantes del perseguido en el proceso y termines con alguien que te dejará ese sentimiento de vacío que tenías antes de que comenzara la persecución. . El ciclo se repite.

El mismo acto de intentarlo crea ansiedad por miedo a no conseguir lo que queremos, lo que nos lleva a compromisos con nosotros mismos que de otro modo no haríamos, como cambiar nuestro estilo de vida para que sea más compatible con el de la persona que intentamos atraer.

El Art de la Intimdad

Estamos condicionados a desear lo que es inalcanzable en lugar de buscar lo que es compatible con una fuerte autoestima. Si tenemos que cambiarnos a nosotros mismos para obtener lo que deseamos estamos cediendo el control a esa persona y erosionando nuestra autoestima. La erosión de la autoestima afecta la felicidad. Ámate a ti mismo primero es la clave. Sepa lo que significa amarse a sí mismo primero.

Pero ahora no era el momento de profundizar en lo que hacía que esta persona fuera quien era por dentro. Afuera medía cinco pies y cinco con cabello gris oscuro moteado, con una figura delgada y curvilínea, brazos largos, manos atléticas, un pequeño lunar en la mejilla superior izquierda, ojos marrones, piel suave y sin imperfecciones, una frente sexy, barbilla pequeña, dientes blancos y alineados, labios carnosos, cejas bien cuidadas, espalda recta y hablaba con acento británico. No camina, pero se desliza con gracia y con la cabeza alta, los ojos y la barbilla hacia arriba y los hombros hacia atrás. Huele como un ramo de flores recién cortadas en un día temprano de primavera, sonríe como si cada fibra de su ser fuera un yeso de apoyo y no lleva ni un ápice de peso corporal superfluo. Su traje oscuro y su pañuelo de seda verde pálido la hacían parecer como si Vera Wang la adornara ella misma.

Me interesé, y no por su porte. Fui lo más directo posible. No tenía nada que perder siendo directo porque no tenía ningún apego real en ese momento. Aunque todavía estábamos en el avión, la invité a un motel. "Eres atrevido", exclamó.

No podía discutir el punto. Pero es divertido y revelador ver la reacción de alguien ante un comentario inesperado y fuera de lo común.

Ella misma sacó una foto con la cabeza afeitada, "esa foto es erotica." Realmente lo era.

Tomó la iniciativa en la conversación. Ella tenía el control. Deje siempre que la otra persona sienta que tiene el control. Si no, darás la impresión de ser egocéntrico y mandón. Desvíos! Rhett Butler demostró el arte de la atracción en Lo que el viento se llevó.

"Casi todos los chicos que la rodean están (clamando) por la atención de Scarlett O'Hara, pero Rhett Butler es su propia fuerza de la naturaleza. Lo más importante para él acerca de Scarlett no es que ella sea hermosa sino que él esté interesado. En lugar de intentar obtener una reacción de ella, actúa con una franqueza cavernícola, y eso es exactamente lo que Scarlett encuentra atractivo. ...Rhett lidera su relación desde el primer día. Cuanto más él toma las riendas, más se siente ella atraida por su virilidad y se siente segura en su presencia." Brad Bollenbach

Lucía vive en el mundo del arte. Ella es una artista, una creadora. Crear arte es su pasión, que expone y explica en un maravilloso folleto tríptico que ha creado. Confecciona estas exquisitas piezas de arcilla con magnificos colores y sentimientos.

El Art de la Intimdad

Las piezas representan un cruce entre las burbujas en el borde de las olas rompientes y la intrincada filigrana de coral, fusionadas en una sola forma, que parece asemejarse a una nueva raza de erizo de mar.

También vivo en el mundo del arte, al menos una parte de mí lo hace. Entonces teníamos el arte, entre otras cosas, en común. Durante el viaje en avión hablamos de cómo potenciar el folleto, crear un sitio web, vender y otras oportunidades en torno a su fervor creativo.

Los objetos antiguos y vintage son mi medio, reutilizando, redecorando y restaurando como pasatiempo, además de comprar y vender objetos de arte de vez en cuando, como obras de artistas de Nueva Inglaterra que figuran en la lista. Ese es el lado que tengo de mi madre. Pintaba maravillosamente y pasó la segunda mitad de su vida dedicándose a sus emprendimientos creativos. Si ella pintaba un cuadro, papá lo enmarcaba. Eran un equipo, una pareja feliz para toda la vida.

Qué más puedes pedirle a la vida que un socio con el que puedas trabajar, un miembro del equipo, un complemento para tus pasiones, un apoyo para tus necesidades y anhelos, un potenciador, un ingeniero para tu autoestima, tu amor propio y tu confianza.

Es el verdadero significado del amor: ¡compartir! Lo que puede ser más edificante y duradero, ciertamente no es el sexo, muy lejos de eso, no en el mismo universo. El sexo son bombas que estallan en el aire y luego todos regresan a sus cómodos sofás para sentarse juntos. Nos bombardean con imágenes de gente sexy y formas de mejorar nuestro sex appeal, estando dispuestos cuando sea el momento adecuado.

Incluso los psiquiatras, incluidos Freud y los escritores populares sobre relaciones, consideran que el sexo es el ingrediente más importante en una relación. Si eso fuera cierto, habría muchas parejas casadas infelices. Es el momento justo en el que te has fusionado en la unidad como sólo dos personas pueden llegar a serlo al compartir sus profundas pasiones.

¿Cómo sería si nos bombardearan con imágenes de personas que simplemente mostraran unión? Me atrevería a aventurar un aumento espectacular a nivel general de amor propio y la paz mundial. ¡Vale! ¡Tal vez no la paz mundial!

Después de aterrizar y en algún lugar de la terminal antes de despedirnos, la aparté de la masa que se precipitaba. Quería abrazarla y besarla por última vez. El abrazo fue ligero presionando su cintura y separándo ligeramente sus labios. ¡Se sintió increíble! Una vez que nos despedimos, los efectos de la experiencia persistieron durante el viaje de una hora completa a casa.

Esperaba que me enviara un mensaje de texto de su número de teléfono temporal como estaba previsto para que pudiéramos ultimar los planes para pasar la noche más tarde esa semana. Recibí

El Art de la Intimdad

un mensaje de texto al día siguiente con el número de teléfono y "Estoy conduciendo ahora y te llamaré más tarde esta noche cuando llegue allí." Pero no todo sucede según lo planeado.

Debido a un cambio de planes, no pasamos la noche, sus amigos se unieron a ella para pasar la noche. Me decepcioné, aunque entendí cuando ella cambió de opinión, ya que su lealtad era hacia sus amigos y no hacia un conocido. Habría sido un error actuar de forma egoísta en ese momento.

Ella regresaba a NH el sábado, sin ninguna prisa particular, y quería ver los pequeños y pintorescos pueblos de Vermont en el camino, así que me ofrecí a acompañarla y pasar la tarde haciendo turismo.

Nuestra primera parada fue la ciudad de Vermont, que fue nombrada "La ciudad pequeña más bonita de Estados Unidos" por la revista Ladies Home Journal. La arquitectura del siglo XIX con revestimiento de tablillas de madera, chimeneas centrales, puertas de entrada de roble ornamentadas con vidrio biselado y el ambiente rural le dan a la ciudad una sensación única. Los visitantes pueden maravillarse con el bullicioso centro de la ciudad con sus cafés íntimos, calles laterales escondidas y la exuberante campiña y tierras de cultivo circundantes. Posadas, hoteles, restaurantes y galerías de arte históricos ofrecen maravillosas razones para visitar y pasar la noche. Justo al final de la calle hay otro pueblo con impresionantes atracciones naturales, encanto tradicional y alojamiento.

Pasamos cuatro horas espectaculares hablando, tomados de la mano, viendo cómo soplaban el vidrio, visitando galerías de arte, besándonos bajo el Middle-Covered Bridge, bajamos hasta la orilla del río Ottauquechee, comprando en pintorescas tiendas de artesanía del pueblo y almorzando pate de champagne, saucisson, smoked duck breast, mostaza de arce verjus, quesos de Vermont, varias galletas saladas y sidra de manzana picante de Vermont en un restaurante exclusivo.

Durante el almuerzo Lucía me mostró su página de Facebook. En ella aparecía un vídeo de navegación complementado con una poderosa canción con tintes suicidas. La letra describe a un joven que se quita la vida. Quería preguntarle sobre ello y esperaba que esto estuviera bien. ¡Vaya! ¿Existe alguna vez un momento adecuado para abordar un tema del que no se está seguro? Pero si le preguntaba en el tono correcto y prestaba atención al lenguaje corporal, me diría si se sentía cómoda con la pregunta. Si respondía, me daría la oportunidad de conocerla un poco mejor. Se lo pregunté cuando estábamos comiendo.

Ella dijo: "Sé lo del video, pero no me preocupaba e incluso lo hablé con mi hija pequeña antes de publicarlo en Facebook y estubo de acuerdo."

Me sentí aliviado de que todo estuviera bien y que su hija no tuviera dificultades.

El Art de la Intimdad

Si preguntas aprendes, y cualquier tema está bien, en el momento y lugar indicado, pregunta de la forma adecuada. Nunca he tenido reparos en intentar encontrar los límites de las personas. No lo intentes a menos que no puedas soportar el rechazo o una reacción negativa, ya que la mayoría se molesta ante preguntas personales delicadas.

Si eres bueno en eso, encontrarás que cada vez más personas están dispuestas a abrirse, lo que contribuye a una relación más profunda. Me contó cosas sobre ella que nunca había compartido con nadie más, ni siquiera con su ex marido durante veinte años.

Después del almuerzo caminamos hasta la orilla del río cerca de un mirador. Nos abrazamos y besamos bajo la glorieta, observamos a una novia y unas doncellas sonrientes posando para fotografías con un río y un viejo muro de piedra como telón de fondo. Nos tumbamos en la hierba bajo un cielo otoñal despejado y cálido. Le dije que yo amaba su nariz, su cabello, sus mejillas, sus ojos, sus labios, su cuello, su frente, su boca, sus dientes, sus párpados, sus orejas, sus sienes, y así sucesivamente.

También le dije, como regalo, que no haría el amor con otra chica, a lo que ella respondió: "¿Alguna vez eres fácil?." ¡Me reí! Pensé ¿quién era el que era fácil aquí? Nos estábamos besando y estábamos planeando pasar la noche después de habernos conocido. Pero, para ser honesto, renunciar demasiado rápido a ti mismo en forma de promesas no es la mejor manera de mantener un aire de misterio, una parte importante del arte de la atracción.

¡Oh, bueno, las cosas que decimos y hacemos cuando estamos atrapados en un momento! Incluso hicimos un pacto de total honestidad, algo fácil de decir pero nunca practicado.

Cuando empezó a hacerse tarde, me pregunté si todavía habría tiempo para colarme en el motel cercano para pasar un par de horas en la sábana. Me rechazaron suavemente pero por una razón que no me importó.

Ella dijo: "Preferiría tener más tiempo y será mejor si esperamos." Tomaré ese motivo todos los días de la semana. ¡Pero hablaremos de eso más adelante! La sorprendí con un colgante de hoja de arce en una cadena de plata que había comprado sigilosamente en una de las tiendas de la calle principal antes, lo que generó una gran sonrisa y un abrazo y beso entusiasta. ¡No tiene precio!

Algo se estaba agitando en mí. Yo era un cautivador y un seductor libertino reformado y listo para la cocecha: todo lo que se requiere es cruzarse en el camino de un libertino y ofrecerle la oportunidad de reanudar su desenfreno. En un contexto histórico, según Wikipedia, un libertino (abreviatura de rakehell, análogo a "hellraiser") era un hombre acostumbrado a conductas inmorales, particularmente mujeriego. A menudo, un libertino también era pródigo, desperdiciando su fortuna (normalmente heredada) en juegos de azar, vino, mujeres y canciones, y contrayendo cuantiosas deudas en el proceso. Mujeriego sí, ¿despilfarro y acumulación de deudas? No.

Según Robert Greene en El arte de la seducción, de un libertino, "Su sangre se agitará y la llamada de un tiempo anterior los abrumará." El seductor que había en mí me impulsó a escribir la siguiente Oda que envié al día siguiente.

Oda en Ocho Versos

Mi amor, mi amor, ven a mí mi amor,

¡Apresúrate! Hay tan poco tiempo para estar,

Encajan al unirse, como un guante.

Sus palabras, mezcla de cariño, intercambio, vinculación,

Sus caricias no encienden palabras sino sentimientos,

Es una sensación de unidad tan evidente para los demás.

Mi amor, mi amor, corre hacia mí mi amor,

¡De prisa! Deben llenarse, antes de agotarse,

Su sonrisa, sus ojos grandes, perspicaces, con ceño ausente,

El Art de la Intimdad

Ella es la luz del sol y el arce a principios de otoño,
Es brillante, soleado, luminoso, rojo, naranja, verde,
No es tenso, es calma, es ahora, es limpio.

Mi amor, mi amor, corre hacia mí mi amor,
Por favor, date prisa para abrazar besos en un puente cubierto,
No temas, es una tradición, tal vez para los enamorados, solo un poco.

Sus abrazos son repentinos, cariñosos, amorosos, apretados y seguros.
Un niño en un adulto, un niño que se asoma, tierno y sabio,
En sus ojos su mirada busca, acepta, no dice mentiras.

Mi amor, mi amor, corre hacia mí mi amor,
Encontrémonos en el gazebo, corramos, démonos prisa,
Lo lograremos, rápido, abrazos esperan, sin jurado.

El Art de la Intimdad

El amoroso desea alegría, comprensión, seguridad y unidad.

El encantador presenta deleite, intelecto, confianza y amor.

Se alimentan mutuamente para crecer como diez mil palomas.

Su respuesta por correo electrónico al poema fue más que gratitud:

"¡Hey, tú!

Muchas gracias por el hermoso poema. ¡Me siento honrada!

Me encantaría tener copias de las fotos tomadas ese día...

Abrazos"

El mensaje "¡Me siento honrada!" Fue agradable escuchar la respuesta ya que no esperaba nada. ¡Ella no sólo estaba agradecida sino HONRADA! ¡Guau!

Escribí la Oda en un momento de felicidad, esperando no hacer más que transmitir sentimientos. No estamos condicionados a recibir tales expresiones de reverencia no solicitadas. Se nos enseña a desconfiar de cualquier legado que parezca llegar sin haber sido ganado. Es casi como si un extraño te parara en la calle, te entregara un billete de cien dólares y te dijera que tengas un buen día.

Piensas por qué yo, qué hice para merecer esto. Gracias totalmente cautelosas. Mi poema fue un regalo que expresó lo que sentía por ella después de estar con ella una tarde. El donante se sintió genial al sorprender a alguien con cien dólares y no esperaba nada a cambio, yo no esperaba nada a cambio.

Mis acciones al brindarle toda mi atención esa tarde en Vermont procurando y asegurándome que estuviera entretenida, dándole importancia fueron expresiones de amor. El poema no fue demasiado pronto en la relación. ¿Cuánto tiempo debería pasar antes de que la sociedad diga que está bien expresar sentimientos con palabras? Nunca hay un momento adecuado; lo dices cuando lo sientes. Si no lo sientes, no puedes decirlo. ¿Por qué contenerlo? ¡No hay motivo!

Las acciones revelan lo inexpresado en ausencia de palabras. Si volviéramos a estar juntos entonces tal vez había algo ahí. Quería que estubiéramos juntos de nuevo. ¿Sentí amor por ella? ¡Ya! ¿Era lo suficientemente fuerte como para dejar mi vida y vivir con ella en algún lugar? ¡No! ¿Estaba dispuesto a permitir que los sentimientos crecieran? ¡Tal vez! ¿Sentía ella amor por mí? ¡Sí! ¿Ella lo sabía? ¡En cierto nivel, sí!

El amor siempre está en niveles, algunos más profundos que otros, se vuelve más profundo con el tiempo o disminuye con el tiempo. Era casado, una razón para abortar y sofocar cualquier sentimiento que pudiera haber despertado. Era evidente que se sentía segura con un hombre casado porque eso significaba que podía mantener sus sentimientos bajo control, a diferencia de con la persona adecuada. Y cuando encontramos a la persona adecuada,

¿solo entonces permitimos que florezca nuestro sentimiento de amor?

Si eso fuera cierto, buscamos y nunca encontramos realmente porque no existe la persona adecuada, sólo existe el ahora. Una búsqueda constante es vivir en el futuro, vivir para lo que el futuro pueda traer. Sabiendo que ella estaba viviendo en el futuro, tuve que pensar en una manera de convencerla de que estaba bien amar ahora, permitir que ese amor creciera y no huir del amor. También sabía que me dirigía a un camino sin retorno; El camino que muchos temen, mientras que otros lo abrazan por los frutos que produce: un amor cálido y tierno.

¿Qué pensaba ella? Por un lado, un hombre casado intentaba llevarla a la cama un par de horas después de conocerla. ¿Qué sentimientos profundos transmite eso? ¡Ninguno! ¿A menos que lo único que ella quisiera fuera también una aventura? Pero luego recibe un poema de amor. Ella está pensando cómo puedo tomar a este tipo en serio. Sabiendo esto, seguí adelante porque ahora no estaba en esto por una aventura, había algo más en esta mujer, algo que tocó una fibra sensible, algo misterioso, surrealista y sensual. Se necesitarían todos mis poderes de seducción y algo más para cambiar la primera impresión de que él solo está buscando una aventura y convertir sus sentimientos incipientes en algo duradero y más profundo.

Capítulo 3

"Si la vida fuera predecible, dejaría de ser vida y carecería de sabor." Eleanor Roosevelt

Lucía quería las fotografías que se tomaron esa tarde en Vermont. Quererlas significaba que deseaba preservar para siempre esos maravillosos recuerdos. Algunas personas quieren documentar sus vidas con fotografías, blogs y diarios. No soy tan diligente. Solía serlo, pero me alejé de él. Pero simplemente no quería enviar las fotos sin divertirme un poco.

Decidí que una manera era poner las fotos en videos cortos usando música que pensé que nos gustaría a ambos Y que podría usar para continuar la atracción. Se necesitan dos para que una atracción funcione; uno para aceptar y otro para perseguir.

Estaba en modo de seducción. Quería que ella se enamorara de mí lo suficiente como para viajar a lugares distantes por períodos largos y agradables. Yo también quería enamorarme de ella porque es mucho mejor cuando dos personas se cuidan mutuamente, y amor es lo que quiero decir con cuidado. La idea del amigo de viaje surgió gradualmente. Tengo amigos en diferentes países, pero ninguno con quien quisiera pasar períodos prolongados. Estaba buscando a esa persona única. ¿Era ella esa persona?

El primer corto del video musical fue poner una foto de ella con las cataratas del río como telón de fondo "No sé cómo amarlo" de Sarah Brightman. La letra habla de cómo conmover a alguien, de ser cambiado por la experiencia, de no entender los sentimientos, de preguntarse si debería descartarlo como un hombre más o chillar y gritar, de reprenderte por ser siempre genial, de tener miedo, de asustarte si él dijera que le amaba y de no poder hacer frente a ello y terminar declarándole su amor po él.

Le pedí que pusiera el vídeo cuando estuviera tranquila y sola. Lo envié tres días después de la Oda. Pensé que la letra tal vez atraería a su subconsciente y sacaría a relucir sus verdaderos sentimientos. El vídeo con la canción de Brightman era una pieza hermosa, así que también pensé que sería suficiente y que no haría más que recordarle nuestro día juntos. Sabía que a ella le importaba, así que usé el video para empujarla suavemente a observar sus sentimientos más de cerca.

Su respuesta: Ok mi querido Carlos, como tenemos un pacto de total honestidad, te escribo lo siguiente:

Esta es la segunda vez que intentas poner palabras en mi boca como si quisieras que las exprese. El primer correo electrónico fue más divertido, este video es maravilloso y "No sé cómo amarlo" resulta ser una de mis canciones favoritas de todos los tiempos.

Sin embargo, supuse que estabas cambiando el significado de las palabras de ti (él) a mí (ella), hasta que volví a leer el asunto del correo electrónico. Expresaste tus sentimientos más íntimos hacia mí en Vermont, los cuales respeto y me siento honrada de ser testigo de tu total vulnerabilidad. Me encanta que estés fantaseando (¿si es que lo estás haciendo?), esto es maravilloso.

Sin embargo, tengo que preguntarte: ¿estás disfrutando la fantasía de que estas palabras vengan de mí hacia ti, o estás tratando de obligarme a expresarlas? Probablemente me equivoque en ambos aspectos, en cuyo caso necesito más explicaciones... Espero con interés tus palabras... ☺"

Su correo electrónico dice: "Probablemente me equivoque en ambos aspectos, en cuyo caso necesito más explicaciones. Espero tus palabras…" ¿Estaba tratando de poner palabras en su boca? ¡No!

Quería que ella le diera a cualquier sentimiento que pudiera tener la oportunidad de florecer, que permitiera que las palabras que sabía que tenía en su corazón llegaran a su yo consciente, pero no para las pronunciara, sólo para que se diera cuenta de ellas, las aceptara y les diera una oportunidad. Como dice Diana Ross en Baby Love "no desperdicies nuestro amor." Con eso la Sra. Ross quiso decir: conozca sus sentimientos para no actuar demasiado rápido.

Al principio de una relación siempre nos sentimos inseguros, confundidos y ese es un sentimiento incómodo, por lo que nuestra primera reacción es empujar nuestros sentimientos a lo más profundo de nuestra psique, ignorarlos e incluso negar que existen. Eso es porque nuestras personalidades basadas en el ego quieren mantenernos a salvo de nosotros mismos y de nuestros sentimientos. El ego que se enfrenta a nuevos sentimientos entra en modo seguro.

Aquí el ego probablemente estaba balbuceando algo como esto: ¿Quién es este tipo? ¡No lo conoces, está casado! ¿Cómo va a funcionar eso? Él nunca dejará a su esposa, ¡te lastimarás! Obviamente está tratando de controlarte poniendo palabras en tu boca. Te han herido antes; debes tener cuidado con este tipo.

Esa voz del ego nos mantiene a salvo. Nos mantiene cómodos. Nos controla. Es un mundo riesgoso y lleno de peligros, por lo que si podrías lastimarte, es mejor quedarte en casa.

¿Cómo podría explicarle esto del ego tan pronto? Entonces, decidí no responder a su solicitud de más explicaciones hasta más tarde. Hablar de todo esto requeriría tiempo y paciencia. Había mucho de qué charlar. Y ojalá mucho tiempo.

¿Me estaba moviendo demasiado rápido, permitiendo que mis emociones se movieran demasiado rápido? ¡Para nada! La gente se mueve a diferentes ritmos. Es una cosa individual. ¿Eran mis acciones desenfrenadas o trascendieron los deseos seductores?

Capítulo 4

"¿Sabía él que ella apenas podía pensar, y mucho menos hablar, al darse cuenta de la proximidad de sus dedos? Por supuesto que lo sabía. Era un libertino. Esto es lo que el hizo." Anne Gracie

Hice cuatro presentaciones de diapositivas musicales más en los días posteriores a Vermont. Su reacción fue la que esperaba. Ella quedó abrumada por la extrema muestra de afecto y corazón abierto.

¿Estaba actuando como un libertino, un libertino reformado, pero un libertino al fin y al cabo? Lucía no estaba acostumbrada a que la "rastrillaran" así. Esto es, que se desvivieran en una abrumadora muestra de cariño y atención. No es que estuviera actuando conscientemente con un comportamiento libertino, sino más bien en un flujo subconsciente de emociones como deseo, anhelo, pasión y cariño.

El comportamiento describe una faceta primaria de mi personalidad que tiene que ver con el romance. Pero después de leer El arte de la seducción de Robert Greene, la descripción de un libertino parecía describir mejor lo que hacía la mayor parte del tiempo cuando conocía a alguien que me interesaba.

Según Greene: "Una mujer nunca se siente lo suficientemente deseada y apreciada. Ella quiere atención, pero un hombre muchas veces está distraído y no responde. El Rake es una espléndida figura femenina de fantasía. Cuando desea a una mujer, por breve que sea ese momento, irá hasta los confines de la tierra por ella. Puede que sea desleal, deshonesto y amoral, pero eso sólo aumenta su atractivo.

A diferencia del hombre cauteloso y normal, el libertino es encantadoramente desenfrenado, un esclavo de su amor por las mujeres. Existe el atractivo añadido de su reputación: tantas mujeres han sucumbido a él que debe haber una razón. Las palabras son la debilidad de una mujer y el libertino es un experto en lenguaje seductor. Despierta los anhelos reprimidos de una mujer adaptando la combinación de peligro y placer del libertino.

¡Reputación! Le preguntó a Carlos durante el viaje en avión: "¿Has estado con muchas mujeres?" Me preguntó porque algo que yo había dicho le hizo pensar que no podía dejarme engañar fácilmente cuando se trataba de relaciones. Mi respuesta fue vaga pero reveladora de que sí, había estado allí, lo que no pareció generar una reacción negativa, por lo que debí haber sido lo suficientemente humilde en el tono.

Siempre había perseguido a las mujeres más deseables. Muchos hombres suelen tener demasiado miedo de acercarse a una mujer deseable. Y cuando lo hicieron, no podían dejar de mirarlas y decirles que eran hermosas. Lo cual, si ella es inteligente y tiene un ego seguro, inmediatamente piensa en lo superficial que eres. Apelar siempre a la inteligencia. Apelar al interior; la belleza de la sonrisa, los ojos cálidos, la dulzura. Si eso no funciona, entonces hay una colina que escalar, llena de infelicidad.

Entre ellas se encontraban las ganadoras del concurso de belleza, las reinas del carnaval sobre hielo y del baile de graduación. Tenía debilidad por las chicas hermosas y traviesas, incluso si eran problemáticas. Su energía sexual era un haz de luz que señalaba a los transeúntes, pero no hacia puertos seguros, puertos de placeres inimaginables, tan fuertes que el marinero saltaría a las frías y oscuras aguas y se ahogaría antes de darse cuenta de su debilidad. Problemas porque la mayoría de los chicos sabían que las chicas malas, las sirenas, jugaban y una vez que se salían con la suya, seguirían adelante para evitar salir lastimados. Los chicos con baja autoestima se quedaron demasiado tiempo y resultaron heridos, o peor aún, se casaron con ellas. Que ella fuera una chica mala no siempre fue así. ¡La buena chica se volvió mala! ¡Eso es diferente! ¡Intrigante! ¿Qué causó ese cambio de carácter en ella?

Greene identifica nueve tipos de seductores. Cada uno tiene un rasgo de carácter que crea una atracción seductora. Los libertinos adoran con avidez al sexo opuesto y su deseo es contagioso. Las sirenas tienen una gran cantidad de energía sexual y la utilizan en su beneficio. Los amantes ideales tienen sensibilidad visual y juegan con las necesidades de sus víctimas. Los dandies juegan con su imagen para crear un llamativo atractivo asexual. Los naturales son espontáneos y abiertos. Las Coquettes son autónomas, Coquettes y juegan con una frescura atractiva. Los encantadores saben cómo complacer. Son amigables y animados, y tienen una manera de hacer que las personas se sientan únicas. Los carismáticos tienen una confianza notable. Las estrellas son de otro mundo y están envueltas en vaguedad. Es posible que tengamos múltiples tipos de seductores acechando en nuestro interior, pero la mayoría de las veces nos guiamos por uno u otro tipo.

Una cosa es segura: si no lo sabes, espera ser seducido rápida y fácilmente por un seductor experto. Todavía podría recurrir a mis habilidades en caso de apuro si se presentara una persona con potencial. Lucía tenía potencial. Había algo fascinante en ella. Había una agitación interior desmentida por una cara feliz y la invitante frialdad de una Coquette.

Si tienes tendencias Coquettes, puedes intercambiar calor y frialdad para atrapar el objeto de tu deseo. Te atraen con palabras esperanzadoras o maniobras sexuales y luego se distancian. Te atraen y te frustran, y esto nos atrae debido a nuestro deseo innato de querer lo que no podemos tener.

Es un juego de incitación, por poco atractivo que parezca. Las Coquettes son la mayor provocación de todas. Es común humillarnos ante personas que sabemos que no podemos tener o sabemos que no deberíamos tener. La hierba siempre parece más verde en el césped del vecino. Queremos estar en compañía de personas libres de preocupaciones y alegres con los resultados de sus comportamientos. La Coquette hace precisamente eso, mostrándonos poco reconocimiento y dándonos la esperanza de que tal vez nosotros también podamos tener una existencia libre de preocupaciones.

Pero los encantos de un libertino funcionan en todos los tipos de personalidad, incluidas las Coquettes. Greene dice: "Estamos encantados con un libertino descarado y disculpamos sus excesos..."

Greene en El arte de la seducción pone la personalidad libertina en perspectiva en esta alegoría:

Después de un accidente en el mar, el Rake Don Juan se encuentra varado en una playa, donde una joven lo descubre.

Tisbea: Despierta, el más hermoso de todos los hombres, y vuelve a ser tú mismo.

Don Juan: Si el mar me da muerte, tú me das vida. Pero el mar realmente me salvó sólo para ser asesinado por ti. Oh, el mar me lanza de un tormento a otro, porque apenas salí del agua me encontré con esta sirena: tú misma. ¿Por qué llenarme los oídos de cera si me matas con tus ojos? Me moría en el mar, pero desde hoy moriré de amor.

Tisbea: Tienes aliento abundante para un hombre casi

ahogado. Sufriste mucho, pero ¿quién sabe qué sufrimiento me estás preparando? . . . Te encontré a mis pies toda agua, y ahora eres todo fuego. Si te quemas cuando estás tan mojado, ¿qué harás cuando estés seco otra vez? Prometes una llama abrasadora; Espero por Dios que no estés mintiendo.

Don Juan: Querida niña, Dios debería haberme ahogado antes de que pudieras encantarme. Quizás el amor hizo bien en empaparme antes de que sintiera tu toque abrasador. Pero tu fuego es tal que hasta en el agua me quemo.

Tisbea: ¿Tan fría y al mismo tiempo ardiente?

Don Juan: Hay tanto fuego en ti.

Tisbea: ¡Qué bien hablas!

Don Juan: ¡Qué bien lo entiendes!

Tisbea: Espero por Dios que no mientas.

A continuación se explica cómo Greene describe el funcionamiento de una personalidad tipo Rake: En la seducción hay un dilema. Necesitas planificación y cálculo para superar obstáculos, como novios, maridos, geografía para seducir, pero ella se pondrá a la defensiva si sospecha de motivos ocultos. Además, tener el control inspira alarma en lugar de anhelo. El Rastrillo arde de deseo que apasiona a lo deseado. No puede imaginar que él la abandonará cuando está dispuesto a superar los peligros. Porque ella también ve su debilidad; conciencia de su pasado libertino, su amoralidad habitual, poco importa. Ella razona que él no puede controlarse.

El intenso deseo del libertino distrae, como la belleza de la sirena. Las mujeres suelen sospechar. Conocen la falta de sinceridad y el control. Pero al sentirse segura de que el libertino hará cualquier cosa por ella, y consumida por la atención, no notará nada más, como la edad, la falta de atractivo, la falta de poder y la posición. Es importante no dudar y crear la ilusión de que su deseo está fuera de control. ¡Eres básicamente débil!

Greene dice: "Los grandes seductores no ofrecen los placeres suaves que la sociedad tolera. Tocan el inconsciente de una persona, esos deseos reprimidos que claman por liberación. No imagines que las mujeres son las tiernas criaturas que a algunas personas les gustaría que fueran. Al igual que los hombres, se sienten profundamente atraídos por lo prohibido, lo peligroso e incluso lo levemente malvado."

"La palabra "rastrillo" proviene de "rakehell", un hombre que rastrilla las brasas del infierno; el componente diabólico, claramente, es una parte importante de la fantasía. Recuerda siempre: si vas a jugar al libertino, debes transmitir una sensación de riesgo y oscuridad, sugiriendo a tu víctima que está participando en algo raro y emocionante: una oportunidad de realizar sus propios deseos libertinos.

Lucía dijo varias veces que tenía miedo de que mi esposa se enterara de ella. Mis seguridades aliviaron sus temores y consolidaron la idea de que haría todo lo posible para conquistarla. Ella respetaba mi capacidad para superar obstáculos. Se sintió atraída por el peligro. Mi voluntad de salirme de las normas culturales en su mente es peligrosa. Los poemas, videos musicales, correos electrónicos y la atención a sus gustos y disgustos impactaron su psique. No estaba representando conscientemente el papel de un libertino. Estaba haciendo lo que me parecía natural. Amo a las mujeres. Haría cualquier cosa para ganarlas. En Vermont ella había dicho que yo era fácil, revelando así que no sospechaba un lado libertino.

No tenía dudas de que mi libertinaje, combinado con el encanto y la coquetería, funcionaría para cambiar su primera impresión negativa de mí como un simple jugador. También quería apelar a su lado espiritual. Aprendí de su lado espiritual durante nuestras largas conversaciones y leyendo su blog sobre su tumultuosa separación de su marido.

Una buena descripción de lo que es un libertino en Greene cuenta la historia de la facilidad con la que uno puede ser arrastrado a la red de un libertino a pesar de las apariencias.

"A principios de la década de 1880, los miembros de la alta

sociedad romana empezaron a hablar de un joven periodista que había aparecido en escena, un tal Gabriele D'Annunzio. Esto era extraño en sí mismo, ya que la realeza italiana sentía el más profundo desprecio por cualquiera fuera de su círculo, y un reportero de sociedad de un periódico era casi lo más bajo que se podía llegar. De hecho, los hombres de buena cuna prestaban poca atención a D'Annunzio. No tenía dinero y tenía pocas conexiones, ya que provenía de un entorno estrictamente de clase media. Además, para ellos era francamente feo: bajo y fornido, de tez oscura y con manchas y ojos saltones. Los hombres lo consideraban tan poco atractivo que gustosamente lo dejaron mezclarse con sus esposas e hijas, seguros de que sus mujeres estarían a salvo con esta gárgola y felices de quitarse de encima a este cazador de chismes. No, no fueron los hombres los que hablaron de D'Annunzio; fueron sus esposas.

Presentadas a D'Annunzio por sus maridos, estas duquesas y marquesas se encontraban entreteniendo a este hombre de aspecto extraño, y cuando estaba a solas con ellas, su actitud cambiaba repentinamente.

En cuestión de minutos estas damas quedarían hechizadas. En primer lugar, tenía la voz más magnífica que jamás habían oído: suave y grave, cada sílaba articulada, con un ritmo fluido y una inflexión que era casi musical. Una mujer lo comparó con el repique de las campanas de una iglesia a lo lejos. Otras dijeron que su voz tenía un efecto "hipnótico." Las palabras que pronunció esa voz también eran interesantes: frases aliteradas, locuciones encantadoras, imágenes poéticas y una forma de ofrecer elogios que podía derretir el corazón de una mujer. D'Annunzio dominaba el arte de la adulación.

Parecía conocer la debilidad de cada mujer: a una la llamaría diosa de la naturaleza, a otra una artista incomparable en ciernes, a otra una figura romántica sacada de una novela. El corazón de una mujer palpitaría cuando él describiera el efecto que ella tuvo en él. Todo era sugerente, insinuando sexo o romance. Esa noche ella reflexionaría sobre sus palabras, recordando poco en particular de lo que él había dicho, porque nunca dijo nada concreto, sino más bien el sentimiento que le había causado. Al día siguiente recibiría de él un poema que parecía haber sido escrito específicamente para ella. (De hecho, escribió docenas de poemas notablemente similares, adaptando ligeramente cada uno a su víctima prevista.)

Unos años después de que D'Annunzio comenzara a trabajar como reportero de sociedad, se casó con la hija del duque y la duquesa de Gallese. Poco después, con el apoyo inquebrantable de las damas de sociedad, comenzó a publicar novelas y libros de poesía. Fue notable el número de sus conquistas, y también la calidad: no sólo caerían a sus pies marquesas, sino también artistas de talento, como la actriz Eleanor Duse, que le ayudó a convertirse en un respetado dramaturgo y celebridad literaria. La bailarina

El Art de la Intimdad

Isadora Duncan, otra que finalmente cayó bajo su hechizo, explicó su magia: "Quizás el amante más notable de nuestro tiempo sea Gabriele D'Annunzio. Y esto a pesar de que es pequeño, calvo y, salvo cuando su cara se ilumina de entusiasmo, feo. Pero cuando habla con una mujer que le gusta, su rostro se transfigura, de modo que de repente se convierte en Apolo... Su efecto sobre las mujeres es notable. La dama con la que está hablando siente de repente que su alma y su ser se elevan."

Para las mujeres, la debilidad es el lenguaje y las palabras: como escribió una de las víctimas de D'Annunzio, la actriz francesa Simone, "¿Cómo se pueden explicar sus conquistas excepto por su extraordinario poder verbal y el timbre musical de su voz, puesto a prueba al servicio de una elocuencia excepcional? Porque mi sexo es susceptible a las palabras, está hechizado por ellas y anhela ser dominado por ellas."

El Libertino es tan promiscuo con las palabras como lo es con las mujeres. Elige las palabras por su capacidad de sugerir, insinuar, hipnotizar, elevar, contagiar. Las palabras del libertino son el equivalente al adorno corporal de la sirena: una poderosa distracción sensual, un narcótico. El uso del lenguaje por parte del libertino es demoníaco porque no está diseñado para comunicar o transmitir información, sino para persuadir, halagar y provocar agitación emocional, de la misma manera que la serpiente en el Jardín del Edén usó palabras para llevar a Eva a la tentación.

El Art de la Intimdad

Lo que importa es la forma, no el contenido. Cuanto menos se centren tus objetivos en lo que dices y más en cómo les hace sentir, más seductor será tu efecto. Dale a tus palabras un sabor literario, espiritual y elevado, para insinuar mejor el deseo en tus víctimas involuntarias.

Al principio puede parecer extraño que un hombre que es claramente deshonesto, desleal y que no tiene ningún interés en el matrimonio pueda atraer a una mujer. Pero a lo largo de toda la historia y en todas las culturas, este tipo ha tenido un efecto fatal. Lo que ofrece el libertino es lo que la sociedad normalmente no permite a las mujeres: una aventura de puro placer, un excitante roce con el peligro. Una mujer suele sentirse profundamente oprimida por el papel que se espera que desempeñe. Se supone que ella es la fuerza tierna y civilizadora de la sociedad y que desea compromiso y lealtad para toda la vida. Pero a menudo sus matrimonios y relaciones no le brindan romance y devoción, sino rutina y una pareja infinitamente distraída. Sigue siendo una fantasía femenina permanente encontrar a un hombre que se entregue totalmente, que viva para ella, aunque sea por un tiempo.

Este lado oscuro y reprimido del deseo femenino encontró expresión en la leyenda de Don Juan. Al principio la leyenda era una fantasía masculina: el caballero aventurero que podía tener a cualquier mujer que quisiera. Pero en los siglos XVII y XVIII, Don Juan evolucionó lentamente desde el aventurero masculino hasta una versión más feminizada: un hombre que vivía sólo para las mujeres. Esta evolución provino del interés de las mujeres por la historia y fue el resultado de sus deseos frustrados. Para ellos, el matrimonio era una forma de servidumbre por contrato; pero Don Juan ofrecía placer por sí mismo, deseo sin condiciones. Cuando se cruzó en tu camino, eras todo en lo que pensaba. Su deseo por ti era tan poderoso que no te dio tiempo para pensar ni preocuparte por las consecuencias. Él vendría por la noche, te daría un momento inolvidable y luego desaparecería. Podría haber conquistado a mil mujeres antes que tú, pero eso sólo lo hizo más interesante; Es mejor ser abandonado que no deseado por un hombre así.

El libertino nunca se preocupa por la resistencia de una mujer hacia él, ni por ningún otro obstáculo en su camino: un marido, una barrera física. La resistencia es sólo el acicate de su deseo, que lo inflama aún más. De hecho, cuando Picasso seducía a Françoise Gilot, le suplicaba que se resistiera; necesitaba resistencia para aumentar la emoción. En cualquier caso, un obstáculo en tu camino te da la oportunidad de demostrar tu valía y la creatividad que aportas a los asuntos amorosos."

Durante nuestra tarde en Vermont, en un momento dado, dije: "Lucía resisteme, no te enamores de mí, solo soy un problema." Ella me miró con curiosidad. Estaba plantando una semilla, un sentimiento, como se describió anteriormente las palabras no son importantes pero sí lo son los sentimientos que transmiten.

El Art de la Intimdad

Mientras caminábamos de la mano por el pintoresco río Vermont, ella dijo: "Estoy muy interesada en la dinámica de las relaciones, qué las hizo prosperar, cómo actuar, qué hacer en determinadas situaciones."

Descifré sus palabras como: ¿cómo sabe uno que está enamorado? cómo se expresa, cómo sabe que es amado incondicionalmente. ¿Cómo se expresa el amor? ¿Tienes que escuchar las dos palabras fáciles de decir: Te amo? ¿Cómo sabrás que hay amor si no has escuchado las dos palabras? Lanzar las palabras a menudo erosiona su valor, especialmente sin apoyar acciones cariñosas. Las acciones amorosas nunca pierden su brillo. Si sólo has conocido el amor falso -amor basado en el ego- entonces esas experiencias deben ser eliminadas antes de que puedas siquiera reconocer, aceptar y regresar o atraer un amor espiritual no basado en el ego. Sentí que iba a ser el tutor, lo cual no me importó y, de hecho, lo disfruto. Mis amigos siempre me han buscado para pedir consejos sobre relaciones y siempre me he tomado en serio la confianza. La seducción es la fuente de mi poder; es la envidia de otros hombres. Es lo que soy. Una palabra aclaratoria, una seducción no siempre ocurre de la noche a la mañana en el primer encuentro, muchas tardan años. Pero para que funcione es imprescindible conocer el tipo de personalidad de tu objetivo en algún nivel.

Por ejemplo: un compañero de trabajo que había conocido casualmente me confió que estaba teniendo dificultades en la relación con su novia. Estaban constantemente discutiendo y en desacuerdo entre sí, y eso claramente estaba afectando su concentración en el trabajo. Le pregunté si estaba dispuesto a dejar de lado su ego si eso significaba arreglar la relación. Estuvo de acuerdo en que podía controlar su ego si eso significaba reparar la relación. Dije que está bien, esto es lo que debes hacer. Cuando vuelvas a casa después del trabajo, trata a tu novia como si estuvieras en tu primera cita. Muestra verdadera preocupación por ella. Le sugerí que comenzara preguntándole cómo le había ido el día y luego escuchara atentamente la respuesta. Si ella menciona agravios del pasado, simplemente escúchala, no la interrumpas y, cuando termine, simplemente di *Estoy de acuerdo*. Mi amigo informó al día siguiente que el efecto de simplemente escuchar era asombroso. Mi amigo no tuvo que decir una palabra; Pude ver en su rostro y en sus gestos que tuvieron una velada libre de estrés. El libertino acepta, no juzga, está plenamente en sintonía con la otra persona y no con la gratificación de su propio ego.

Nos olvidamos de lo que es importante en la vida: aquellos que nos aman. Quedamos atrapados en lo que el ego dice que es importante: ganar, lograr, controlar. Esos no son importantes, pero afectan nuestras relaciones sin que nos demos cuenta. De repente nuestra relación está sufriendo. La razón es la transferencia. Nuestro ego reacciona con el ser querido como si fuera nuestro jefe, compañero de trabajo o cliente. La primera cita no estuvo basada exclusivamente en el ego. Estabas tratando de cortejar a alguien que te importaba, pero luego tu ego les fue transferido a ellos porque es difícil apagar el ego cuando estás con alguien a quien no le importa tu ego, se preocupa por ti, por lo que hay dentro de ti, incluso si no puedes verlo. Si no estás basado en el ego, no habría transferencia porque tratarías a todos por igual. Ése es el yo superior, el yo por el que todos deberíamos luchar, excepto por el ego que se interpone en el camino como un centinela leal y bien entrenado, que nunca abandona su puesto por temor a un pelotón de fusilamiento por deserción.

Capítulo 5

"La inocencia de los niños es su sabiduría, la sencillez de los niños es su falta de ego." Rajneesh

Tenía muchas ganas de volviéramos a vernos antes de que Lucía se marchara de Nueva Inglaterra. Era importante seguir presionando mientras el hierro estaba caliente, seguir haciéndole saber que los pájaros ya no cantarían si no podía volver a verla pronto. Eso es lo que siempre funcionó. Con esto quiero decir que es importante llegar rápidamente al corazón del objeto de amor. Si hubiera regresado a casa sin que nos hubiésemos reunido, las posibilidades de que volviéramos a estar juntos eran escasas o casi nulas. Las diferencias geográficas acaban con las relaciones, especialmente aquellas que se encuentran en terreno pamtanoso. Diane Ross dice: "no se puede apresurar el amor." El desafío era no parecer tener prisa. Apurarse no es una buena idea para ganarse el amor de alguien.

Fui persistente (con prisas), pero valió la pena. Ella sugirió que nos reuniéramos en diciembre. Yo había dicho: "Diciembre era demasiado tiempo para esperar."

En cambio, hablamos de Las Vegas al final de su viaje a Nueva Inglaterra. Ella estuvo de acuerdo, ¡si pagaba el billete de avión!

El Art de la Intimdad

Ella escribió: "¡He vaciado mi caja fuerte pero estoy dispuesta a aceptar sobornos! **sonrisa**."

Mi reacción por correo electrónico cuando ella aceptó fue discreta: "Esa es mi chica. ¡Qué me hiciste, el tipo grande y duro! 10.000 besos."

Ella respondió: "¡¡¡Eres muy generoso, loco!!!"

El libertino pensó: ¡culpable, señoría!

Creí su historia sobre las finanzas. Sabía que ella no me habría preguntado si tuviera el dinero, así que si eso significaba que ella iría, entonces yo pagaría. Había muchas mujeres en Las Vegas sin tener que traer una en avión, pero obviamente no sentiría por ellas lo que sentía por esta mujer.

Quería conocerla. Era mucho más que una aventura. Era genial, especial, inteligente, curiosa, independiente, despreocupada, vivaz, provocativa, recatada, evocadora, por nombrar algunos rasgos. Para tomar prestada una línea de un libro de Mark Greaney, "era impresionante, el epítome de la feminidad moderna, la gracia, la fuerza y el encanto."

Me emocioné cuando ella aceptó reunirse en Las Vegas y también lo estuvo Lucía. Sé que estaba encantada porque cuando le pedí que escogiera varios espectáculos a lo que ella respondió con tanto entusiasmo como un niño en la mañana de Navidad: "... ¡¡¡Oh

El Art de la Intimdad

Carlos, puedo, puedo, puedo...!!!" ¡Qué excitante y seductor! Por seductor quiero decir que nos sentimos atraídos por el entusiasmo desprevenido que las personas, especialmente los niños, muestran cuando están emocionados y felices.

Todo lo natural tiene un efecto misterioso en nosotros. El mundo nos rodea de emociones artificiales y fabricadas, por lo que cuando sucede algo repentino e inexplicable nos quedamos asombrados. La gente quiere ser simpática, pero suele ser un poco forzado. La simpatía de un niño es natural y no forzada.

Más importante aún, un niño simboliza un mundo del que hemos sido expulsados eternamente. Porque la vida adulta está llena de una monotonía de toma y daca. Fantaseamos con la infancia como una época de asombro a pesar de los períodos de dolor e incertidumbre. Frente a un niño encantador, podemos sentirnos reflexivos. Recordamos nuestro maravilloso pasado y, en compañía del niño, recuperamos parte de esa maravilla.

El día después de comprar los boletos de avión para su viaje a Las Vegas y después de intercambiar varias fotos, me envió un mensaje de texto después de cenar con su hijo diciendo que necesitaba un abrazo. Le envié el siguiente "abrazo":

El Art de la Intimdad

Un Abrazo

Eres la luz en tus ojos,

Soy el brillo que brota del alma,

Juntos somos radiantes y completos.

Eres una montaña en las colinas,

No soy más que una gota en el océano,

Juntos somos todos tierra y movimiento.

Eres felicidad y sentimiento,

Soy alegría y sensación.

Juntos somos encanto y acción.

Eres la chica que brilla,

Soy el hombre recatado,

Juntos somos radiantes y maduros.

El Art de la Intimdad

Eres las olas que acarician la playa,

Soy la arena en la orilla,

Juntos somos agua y nada más.

Eres el árbol que se mece suavemente,

Soy la tierra que nutre,

Juntos somos tierra que florece.

Su respuesta: "Eso es hermoso. Gracias. Incluso más impresionante que un abrazo. Necesitaré leerlo unas cuantas veces más."

Me encantó su impresión de que era hermoso y lo volvería a leer. Se derramó sobre el papel desde mi alma en tan solo unos momentos. Había escrito poemas desde que tenía uso de razón, pero en ocasiones extremadamente raras y meritorias. Por alguna razón, esta dama me estimuló a inscribir y a verter desde mi interior.

Quería facilitar sus continuas sonrisas tontas y aumentar aún más su deseo por la cita en Las Vegas. "Mujer bonita dame tu sonrisa, te trataré bien, sé mía esta noche," era la respuesta que buscaba. Pero unos días después, en cambio, le envié Sail Away (Orinoco Flow) de Enya Brennan, mi segunda presentación de diapositivas musicales. Le encantaba navegar, los barcos, el mar y los lugares lejanos. Habló de viajar pronto al Lejano Oriente. Letra de Sail Away, en parte:

"...déjame llegar, déjame varar en las costas de Trípoli... desde Bali hasta Cali, muy por debajo del Mar del Coral..." Era más relevante para mi propósito de diseño.

Además, ¿qué mujer no fantasea con zarpar con un apuesto amante renacentista hacia algún romántico puerto lejano? El video está lleno de fotos mías en lugares lejanos con amigos y termina con una foto mía en Las Vegas, pero bien podría ser Trípoli, porque con suerte la letra daría en el blanco. ¿Funcionaron los intentos de aumentar la atracción?

Su respuesta al video: "¿Te estás divirtiendo haciendo estos videos?"

"Si ¿te agradan?"

Ella dijo: "¿Sinceramente? Un tanto recelosa, esperando que no sea un comportamiento obsesivo, y una pizca de incomodidad por el foco en mí... ¡pero en general, sonriendo!"

"Pensé en eso, pero no, sólo pensamientos saludables. Has despertado un lado creativo. Fue divertido hacerlos. Gracias por la honestidad y feliz de que sigas sonriendo."

En lugar de retirarse, me dio el beneficio de la duda. Ella sabía lo que estaba pasando y se resistía tanto porque es alguien que es diferente de lo que yo conocía, así que le preguntaré al respecto.

El Art de la Intimdad

Mi seguridad de que la atención adicional era saludable alivió sus preocupaciones.

Afortunadamente, estaba abierta a cosas fuera de lo común. La mayoría de las personas no prestan tanta atención a alguien que acaban de conocer, por lo que es normal tener cuidado. Tenía razón al preguntar sobre eso. Otra explicación de la preocupación fue por qué yo, por qué me pones toda esta atención, no soy digno, qué hice para merecer esto.

O podría ser que estaba diciendo no, detente, que soy débil, no puedo decir que no. Apuesto a que ella estaba pensando no quiero que pare. Entrar en una relación, independientemente del objetivo, debe hacerse con los ojos bien abiertos y no bien cerrados. Como un romántico algo incurable, podría soportar un engaño amoroso, a pequeña escala, ¡ja! Algunos desamores, o uno, y todos los tenemos, del pasado, me persiguieron durante años. Entré en la relación con esa mujer sin más intención que vivir el momento mientras ella quería algo en el futuro y cuando me di cuenta de que también quería un futuro, había causado demasiado daño. Para entonces ella había caído en los brazos de otro para nunca regresar.

Tenga cuidado amigo mío, ya que entablar una relación puede ser peligroso para su salud; ingrese bajo la supervisión directa de su médico. Evite las relaciones si nunca quiere que le hagan daño, pero eso significaría volverse un recluso porque las relaciones

El Art de la Intimdad

suceden y no se pueden evitar sin mucha resolución. Por otro lado, si vas a entablar una relación, ¡ve a por todas! No te reprimas. ¡Todo dentro! O no te molestes porque estás perdiendo tu tiempo y el de ella si no lo haces. ¡Apuesta la granja! La cautela es para los débiles de rodillas y de corazón.

Ella había mencionado que no leía ficción y que este era un libro informativo para las personas que querían saber más sobre las características de las personas poderosas. Entonces, pensé en enviarle un libro electrónico. Seleccioné 48 leyes del poder por maestría de Robert Greene para que disfrute de su lectura. Fue interesante, pero no superado en absoluto. Pero su reacción fue preciosa. Ella dijo: "¿Cómo supiste que era adicta a los libros?" Respondí "¡Fácil! No eres una persona superficial sino reflexiva, lo que suele ser un lector. Es fantástico aprender sobre ti." Y fue genial aprender sobre ella. Quería saber todo sobre ella. No pude conseguir suficiente. Estaba entusiasmado con esta persona.

Capítulo 6

"El gran secreto para conseguir lo que quieres de la vida es saber lo que quieres y creer que puedes conseguirlo." Norman Vicente Peale.

Estaba atrapado en algo que no era fácil de explicar. ¿Qué es el amor de todos modos? ¿Cuando no puedes pensar en nada más? ¡Eso es una obsesión! El amor es lo que ocurre durante un largo período de tiempo y no tiene nada que ver con el sexo. Me he enamorado más de una vez antes de tener relaciones sexuales. Creo que el sexo muchas veces sólo confunde los sentimientos. ¿Estoy en lujuria o estoy enamorado? Se convierte en la pregunta.

Pensaba en ella a menudo y quería hacérselo saber. Entonces, hice otra presentación de diapositivas de música. Como dije, ¿de qué sirve retenerlo todo? Si alguien se asusta que le presten demasiada atención, entonces mis métodos Rakish no estaban funcionando, podría ser necesario un enfoque diferente. Las personas que no saben o no pueden expresarse pensarían que una cita para cenar es una gran expresión de sentimientos, especialmente si conduce al sexo. Hacer lo que la otra persona disfruta y no lo que cree que disfrutará la otra persona es una mejor expresión de los sentimientos.

Pero pasar el rato en restaurantes, hacer senderismo, andar en bicicleta y nadar puede ser más que suficiente y no siempre es lo que la mayoría ofrece. ¿Y por qué debería ser? Les ha funcionado en el pasado, por lo que no es necesario cambiarlo. Si no esperamos mucho, no obtendremos mucho. Ilustrémoslo con el anuncio personal de una mujer que busca una relación y no espera mucho.

Anuncio personal n.º 1: Buscando mi pareja perfecta para una relación a largo plazo.

"Hola, soy una mujer joven y trabajadora. Soy muy honesta y disciplinada pero no tengo suerte de conocer a la persona adecuada. Me encanta cocinar, leer libros, ir de compras y también hacer las tareas del hogar con frecuencia. Me gustaría conocer al hombre de mis sueños, alguien que me trate como a una reina y me mime con amor y cuidado. Quiero conocer a alguien que me aprecie y que nunca me golpee por ningún motivo. Soy una persona ocupada, no tengo tiempo para ir a los bares, así que un amigo me pidió que revisara este sitio y viera cómo iba. Estoy dispuesta a escribir más sobre mí y enviar más fotos tan pronto como reciba una buena respuesta de usted. Gracias. Por cierto, la edad no me molesta siempre y cuando ambos estemos buscando algo serio."

El anunciante pide que su pareja perfecta "no la golpee, por ningún motivo." Pide un escalón por encima del mínimo absoluto. Se conformará con alguien que no la golpee. La imagen de su anuncio era la de una joven sonriente, atractiva, delgada, bien vestida y con el pelo largo y castaño. Lamentablemente, todo lo que atraerá su anuncio son perdedores. Su idea de ser querida es no ser abofeteada. El anuncio debiera especificar "debe estar bien conectado a tierra." Es que la calidad debiera ser mínima y no me darán una paliza. ¿Quién querría salir con alguien que no tiene una buena base, pero si todo lo que conoces son tipos sin base, entonces una buena base sería un gran paso adelante, por lo que no te abofetearían? Lamentablemente, obtienes con lo que te conformas. Prefiero estar solo que con un loco que terminará causándome más dolor del que puedo causarme sin ellos.

Anuncio personal típico n.° 2: un chico normal

"Para empezar, estoy buscando una relación a largo plazo, no amigos con beneficios... Y lea todo antes de responder. Acerca de mí... Tengo 25 años, vivo en la región de los lagos, tengo un hijo de 3 años, trabajo en el turno diurno a tiempo completo, soy estudiante universitario, estoy divorciada (él tuvo una aventura), no consumo drogas, tengo mi propio auto, tengo 2 tatuajes… Y quiero un par más, Mis pezones y mi nariz están perforados, El otoño es mi época favorita del año.. ¡Hay tanto que hacer! No soy talla 0, tengo curvas. ¡Voy al gimnasio un par de veces por semana! Soy una persona muy responsable. Tengo ojos azules brillantes y cabello rojo castaño (parece casi castaño). Soy una chica de campo, no me importa visitar las ciudades. Cazo ciervos. Disfruto disparando armas. ¡¡La familia es especialmente importante para mí!! Disfruto de las cosas simples de la vida. Me encanta la música country.

El Art de la Intimdad

Tú- Tienes un automóvil o una camioneta No vives fuera de tu automóvil Tienes un trabajo (y no cambia cada semana) Sabes lo que quieres de la vida No eres un drogadicto o alcohólico total Le gusta divertirse Le deben gustar niños (está bien tenerlos) Mimoso y afectuoso Cree en la caballerosidad (parece difícil de encontrar) No miente ni engaña. No tiene más de 40 años Si vive lejos... Puede manejar la distancia No es un delincuente Sabe cómo priorizar

Básicamente, como dije, sé lo que quiero, soy una gran persona con grandes intenciones. Envíeme un correo electrónico :-) con toda su información (edad, trabajo, trabajo. Y cualquier otra cosa sobre usted. Y una foto). ¡Y te enviaré algunos de vuelta!... He tenido este anuncio publicado por un tiempo... Si todavía está activo, todavía estoy disponible."

El anunciante pide a los socorristas que no vivan en su coche, que tengan un trabajo estable, que no sean drogadictos o alcohólicos totales, que no mientan ni hagan trampa, que no sean delincuentes. ¡Guau! ¿Qué pasa si sólo miente, hace trampa y tiene un trabajo estable y un techo (no un techo corredizo) sobre su cabeza? ¿Lo recibiría con los brazos abiertos? Bueno, desafortunadamente, con sus expectativas tan bajas, está atrayendo al tipo que intenta evitar. ¡Qué lástima también! Porque si la mitad de lo que dice sobre sí misma es cierto, es demasiado buena para el noventa por ciento de los potenciales pretendientes bien adaptados. Ella ha tenido el anuncio por un tiempo; permanecerá así durante mucho tiempo a menos que aumente sus estándares y crea que puede atraer ese estándar más alto. Si anunciara cosas atrevidas y peligrosas, obtendría precisamente eso y los problemas emocionales que ello conlleva.

Debería anunciar lo que usted quiere, no lo que está tratando de evitar o lo que creemos que queremos para satisfacer alguna necesidad de importancia personal. Busque ese extra por encima de la norma. Espera el sexo durante semanas y meses, no sólo de la primera a la cuarta cita. Si el tipo no se queda mucho tiempo después de algunas comidas y algún tiempo en el camino, entonces todo lo que vio fue un pedazo de trasero. Lo que es peor si lo abandonas demasiado fácilmente, él sabrá lo que has estado haciendo con los demás. La mayoría de los hombres buenos no quieren una mujer fácil. ¡He visto eso un millón de veces! El noventa y nueve por ciento desaparecerá si no se puede tener relaciones sexuales después de algunas citas. Pero, si también les gusta el sexo, entonces a ninguno de los dos les importará conectarse en un nivel que dure después de que el sexo ya no sea importante.

Una relación equilibrada también es importante para tener una relación sana. Pero las relaciones no siempre funcionan así. Uno se sentirá herido porque amará más que el otro. Y una vez que se comprende ese desequilibrio, a menudo surge el pánico al ego. Si no se restablece el equilibrio, pueden surgir problemas que terminen en una división. El que se siente menos amado comienza a hacer cosas que de otro modo no haría en una relación equilibrada. La otra parte se da cuenta de la urgencia y, en lugar de aceptar y gustarle el hecho de que a la persona le importe más, tiende a no esforzarse tanto. La mente subconsciente dice, lo tengo, así que no hay necesidad de preocuparse. Ese regalo que iba a comprar, ese poema que iba a escribir, la llamada telefónica o la respuesta de texto, todo puede esperar o no terminar. Eso es un error.

Tendemos a dar amor y atención ilimitados a los niños y a los animales, pero no a los adultos y a los amantes. ¿Por qué es eso? ¿Debería ser así? ¡No! Pero lo hacemos y de todos modos esperamos ser amados a cambio. No recibes amor sin darlo y cuanto más das, más recibes. Si no lo recuperas, ¿deberías dejar de dárselo? La respuesta es no.

Lucía era más que una cita para cenar y una caminata en bicicleta, y yo estaba dispuesto a hacer lo que fuera necesario hasta que ella se diera cuenta de que no estaba interesado en simplemente otro retozo en el heno. Me sentí muy bien con ella, pero aún necesitaba aprender mucho más sobre ella. Quería hacer pequeñas cosas para permanecer en sus pensamientos hasta que la volviera a ver.

La siguiente y tercera presentación de diapositivas de música que envié, titulada "Transformative Johnny Cash's Ring of Fire", hablaba sobre el sabor del amor siendo dulce y cayendo como un niño en un anillo de fuego.

La hija de Cash, Rosanne, cree que la canción trata sobre el poder transformador del amor y lo que siempre ha significado para ella y los hijos de Cash. Tal vez había caído en un anillo de fuego de buril. Lo único que sé es que el sabor del amor, por nuevo y frágil que sea, es dulce. Si caes como un niño, caes sin condiciones, porque un niño ama sin condiciones. Si hubiera caído y caído sin restricciones, ya veremos.

Uno puede pensar que se ha enamorado absolutamente de alguien. El ego es un poderoso protector. Dice que te han lastimado antes, ten cuidado o qué pasa si tienen problemas. El ego te alertará de los primeros signos de problemas para que puedas salir ileso. El problema puede ser tan inocuo como una llamada telefónica devuelta con retraso, o tan serio como un insulto descarado, o descubres que ella está durmiendo sin protección con alguien, o que tiene una enfermedad crónica que empeora, y así sucesivamente. Todos son factores decisivos en el mundo del te amo "si", el mundo de las condiciones que están ausentes en el amor de un niño o una mascota por ti.

¿Lucía se preocupaba mucho por mí o estaba aprovechando un buen rato gratis? ¡No, no en este último! No pasas varios días con alguien que no te importa. No soy un lector de mentes. Pero las acciones hablan más que las palabras. De hecho, las palabras no son

El Art de la Intimdad

más que un susurro en comparación con las acciones, que hablan alto y claro. Ella aguantaba y sus acciones eran ruidosas. Algunos días nos enviabamos y recibíamos correos electrónicos varias veces al día. ¿Estaba mostrando más amor del que recibía? ¡No lo sabía con seguridad! No era infeliz, no sentía dolor. La ausencia de dolor equivale a felicidad, según dicen algunos expertos en salud mental. Me importaba a cierto nivel porque sabía que podía manejar cualquier cosa que se me presentara. Verás, mi autoestima estaba en un lugar saludable.

Lo que ella estaba haciendo era una provocación. ¿Pensó que estaba llevando nuestra relación de una manera saludable, una manera que resultaría en atraer el amor para una relación profunda y duradera? ¿O estaba atrapada en el paradigma de que "el sexo es todo lo que hay y es la nueva definición de amor?" Si es así, entonces estaba en un tren rápido a Hurtsville, EE. UU. Pero lo que constituye el amor es muy diferente a la ausencia de dolor.

La capacidad de atraer a las personas a una relación sana requiere un sentimiento especial, no para ellos sino para uno mismo. Comienza con un sentido vigoroso de uno mismo, una autoestima sólida, ausencia de sentimientos nefastos y un yo atento que no está lastrado por años de bagaje y dudas. No es más complicado que una forma de pensar. Te despiertas una mañana y te dices a ti mismo que eso es todo, ya terminé con ese viejo yo. Se acabó el yo que se siente indigno de tener alguna vez lo que quiero y merezco como un ser humano valioso que tiene algo que ofrecer y que merece respeto, mi respeto, el respeto que elijo darme a mí, a mí mismo, a esta persona de aquí. Al respetarme a mí mismo, nadie más puede faltarme el respeto, porque qué más da lo que los demás piensen de mí. No es asunto mío lo que los demás piensen de mí.

Las personas quedan atrapadas en la ansiosa búsqueda del amor porque no sienten amor en su interior. Tratar de llenar un lugar vacío con el amor de otra persona es una receta para el desastre y una vida de infelicidad, o dicho de otra manera, la ausencia de una verdadera plenitud. Lo creas o no, todo lo que se necesita es sentirse bien consigo mismo. No es un secreto bien guardado al que sólo pueden acceder los ricos y los inteligentes. No, está dentro de todos nosotros, pero cubierto por lo que la sociedad basada en el ego nos ha alimentado desde que nacemos. La sociedad nos ha alimentado con imágenes de lo que es bello, por fuera, a través de la publicidad, para vender productos.

Estas imágenes de ficción imitando la realidad se han convertido en realidad. La belleza exterior ha llegado a simbolizar la belleza interior. ¡Fantasía! ¡Reduce el tiempo! Entonces perseguimos la fantasía. Como buenos momentos con una cerveza fría en una fiesta nocturna en la playa que incluye tres minutos de sexo sin protección en una duna de arena con un extraño. ¡Qué vida! ¡Muy divertido! Solo para despertarte a la mañana siguiente, incluso más deprimido que antes de la fiesta en la playa porque un extraño no te llamó ni te envió un mensaje de texto a las 8:00 a.m. ¡Muy, muy triste!

Deepak Chopra nos asegura que todo el inútil proceso de volverse atractivo, de esperar la respuesta de otra persona, de compararse desesperadamente con una imagen ideal puede terminar. Significa que aquellos que no pueden encontrar el amor se identifican como no adorables. Aunque esto no es cierto, la gente lo hace parecer cierto identificando su conciencia con un sistema de creencias; Las imágenes anunciadas nos bombardean toda la vida. Según Chopra, en Un camino hacia el amor, "Lo que crea el romance es la capacidad de verse a uno mismo como alguien adorable."

La capacidad de amarte a ti mismo no proviene de cambiarte a ti mismo sino de verte tal como eres y permitir que brille. Según Chopra, "nada es más hermoso que la naturalidad." Codiciamos imágenes de personas deseables, pero aspirar a esas fantasías es sólo esa fantasía, algo que no eres. Cuanto más lejos estés de la imagen deseada, más difícil será reprimir quién eres. Y cuando hayas logrado suprimir tu verdadero yo, habrás descartado lo que es más deseable en ti, tu yo natural único.

¿Era ella su yo natural? Es lo que quería saber. Cuando se topó conmigo en el avión, me invitó a tomar una copa y me besó, la atracción se debió a alguna imagen de fantasía que yo proyectaba o se sintió atraída por un yo natural que brillaba.

El Art de la Intimdad

Lo descubriría no preguntándole sino conociéndola y quería conocerla profunda y honestamente. Vernon Howard dice en su libro Power of the Supermind que descubrirás con sorpresa que nunca has tenido una sola relación pura con ningún otro ser humano. Y a través de esta admisión honesta, tendrás todo lo que necesitas saber para redescubrir esa vivacidad de una relación real. Estaba en el viaje para conocer y comprender a esta persona.

Capítulo 7

"La fantasía no es un escape de la realidad. Es una forma de entenderlo." Alejandro Lloyd

La siguiente parada del viaje fue Las Vegas, ¡la fantasía definitiva! El mundo de fantasía para adultos de Las Vegas está impulsado por el sexo, el dinero y el poder. No es el lugar para los pobres de espíritu, los oprimidos y los débiles. Tampoco es el lugar donde encontrarás muchos visitantes ricos en paz interior y estabilidad. Me encontré con Lucía en el aeropuerto y tomamos un taxi hasta el Caesars Palace. Estaba sonriendo y relajada como si no le importara nada en el mundo. A mí, en cambio, me preocupaban mil cosas que pudieran salir mal. Me sentí cargado, emocionado de verla. ¿Por qué preocuparse por las cosas que pueden salir mal y simplemente aceptar que así será? Mi ansiedad se trasladó al hotel donde el recepcionista tardó demasiado en registrarnos. Ella continuó con su actitud relajada e imparcial.

Cuando llegamos a la habitación nos sorprendió el upgrade que incluía un gran jacuzzi. Ella susurró que aprovecharemos eso. Ella no tendría que torcerme el brazo. ¡No podía esperar! Pero en lugar de arrancarnos la ropa, decidimos explorar un poco el lugar y tomar una copa, lo cual hicimos en el pequeño y abarrotado bar de champán en el extremo más alejado del gran hotel parecido a la estación central, donde pedimos copas de un nivel medio. vino espumoso y encontré dos asientos en un reservado ocupado por unas ocho señoras bien vestidas de mediana edad y mayores. Después de aceptar mi solicitud de ocupar los asientos vacíos, nos sentamos, hablamos y reímos con este agradable grupo de mujeres irlandesas que celebraban un descanso de su práctica jurídica con la madre pelirroja y pecosa del líder y sus amigas sonrientes.

Lucía se llevó bien de inmediato con la mamá cuando me deslicé hacia la única mujer que no estaba conversando para hablar con ella. Soy más feliz si todos se lo pasan bien. Tal vez lo estaba y estaba feliz de sentarse desconectada. ¡No es probable! La mayoría simplemente se siente excluida y hace pucheros. Después de unos quince minutos, me indicó que regresara al asiento junto a ella, lo cual hice después de un rato. ¿Le había causado un poco de celos o su conversación con la mamá terminó y se sintió desatendida, desconectada?

Sabía lo que había pasado. Me volví más deseable porque estaba rodeado de un grupo de mujeres. Los hombres suelen ser más deseables cuando están rodeados de mujeres que cuando están solos o con otros hombres. En los círculos de psicología se le llama efecto de mejora de la deseabilidad. Yo era el único hombre en el grupo y por eso le pregunté al grupo de mujeres si podíamos sentarnos con ellas. El efecto de mejora de la deseabilidad no funciona igual para las mujeres. Los hombres consideran que las mujeres son menos deseables cuando están rodeadas de un grupo de hombres en

El Art de la Intimdad

comparación con un grupo de mujeres.

Después de reunirme con ella, terminamos nuestro champán, nos despedimos y caminamos de la mano junto a miles de estridentes y parpadeantes bandidos mancos dispuestos a chupar el papel con la imagen presidencial de su billetera sin siquiera un beso o un agradecimiento. No gracias, ni ella ni yo queríamos ser parte de esa adicción. Seguimos caminando.

¡Ahora de vuelta a la habitación con el gran jacuzzi! A los pies de la cama nos abrazamos levemente y nos besamos como una suave brisa, luego con creciente pasión y deseo. La desnudé quitándole cada prenda con cuidado y respeto. Primero su blusa, botón a botón, lentamente y con ligeros toques en hombros, brazos y dedos. Lo dejé caer al suelo. Luego, el sedoso sujetador negro, abrochado detrás con tres ganchos, se quitó una copa a la vez, permitiendo que los senos suaves y sedosos se desplegaran centrados en los pezones duros y cálidos. Ella se arqueó cuando yo me incliné para tocar uno y luego el otro con la lengua húmeda. Ella gimió, echó la cabeza hacia atrás y arqueó la espalda. Caímos sobre la cama con hambre, deleite y asombro.

Después de un rato, nos levantamos de la cama y llenamos el jacuzzi, donde pasamos aproximadamente una hora en el chorro de agua tibia, abrazándonos, explorando y disfrutando. Después de que la sequé con una toalla, nos metimos debajo de las sábanas donde sostuve su desnudez cerca hasta que se quedó dormida. Me quedé allí la mayor parte del resto de la noche, con miedo de moverme por miedo a despertarla, y demasiado entusiasmado con la experiencia de estar juntos para calmar la mente y caer en un sueño reparador.

La experiencia en el dormitorio fue maravillosa y satisfactoria, pero era solo una pequeña parte de lo que éramos y de lo que podíamos llegar a ser, al menos eso.

Es lo que pasaba por mi mente mientras la sostenía en mis brazos mientras dormía. Mi mente NO estaba en el momento presente sino corriendo hacia el futuro. ¿Cómo iba a hacer que esta relación funcionara con nuestras diferencias geográficas, excepto por breves ausencias a otros climas soleados de una estación y mi deseo de vivir en un clima de cuatro estaciones? Nos vi trabajando en un emprendimiento que ambos disfrutábamos, aunque fuera su negocio de artesanías. También podría escribir. No importaba dónde. Si dos personas quieren estar juntas por las razones correctas, sucederá. Entonces, ¿qué quiero decir con las razones correctas?

Lo que quiero decir es que mientras nuestras preferencias se basen en necesidades de corta duración o deseos basados en el ego, el resultado será insatisfactorio. Estos deseos son como bombas que estallan en el aire. Hay un breve pero brillante destello, seguido de muchos ooohs y aaahs, y luego nada.

En otras palabras, ¡emociones vacías en lugar de felicidad plena!

Compare estos sentimientos con los de cuando se siente inquieto e incómodo, tal vez un poco desamparado de tener compañía. Decides sentirte mejor viendo pornografía, enviando mensajes de texto a alguien (cualquiera), comprando cosas, comiendo aunque no tengas hambre. Pero sea lo que sea, no ayuda porque inmediatamente te sientes inquieto e intranquilo, vacío, infeliz.

Se puede decir que la felicidad es la ausencia de dolor más que la búsqueda del placer. Es difícil entender que el placer fugaz no es como la gratificación duradera. Estamos atrapados en continuos anhelos y decepciones. Necesitamos ser capaces de diferenciar entre deseos verdaderos y falsos, o de lo contrario nos condenaremos a la vida de una mariposa, lanzándose y revoloteando eternamente pero nunca posándonos.

Te dices a ti mismo que eres feliz e incluso pones una cara feliz y les dices a los demás que eres feliz. El problema es que si tienes que decir que estás feliz, es una buena indicación de que no lo eres. Tengo amigos que sé que están felices y, que yo sepa, nunca han tenido que anunciarlo. Pero, ¿a quién engañas además de a ti mismo? un yo dividido no es un yo feliz. No podemos admitir que somos infelices aunque corramos de una relación insatisfactoria a otra, de una actividad sin sentido a otra; de nosotros mismos.

Vernon Howard, en su libro El poder de la supermente revela: "La insatisfacción de la mayoría de las personas no es una puñalada aguda, sino un dolor sordo. Un tipo de descontento persistente, compartido por millones de personas, es la noción de que los demás son más felices que ellos. Si tan solo pudieras ver las penas secretas de aquellos cuyas sonrisas... parecen indicar felicidad. Si pudieras ver con qué fervor desean estar en otro lugar, hacer algo diferente, ser alguien distinto de lo que son."

Howard también dice: "Un hombre genuinamente feliz es uno entre un millón porque un hombre auténticamente libre es uno entre un millón." Howard señala: "Cuando realmente comprendes, ves que la felicidad debe estar permanentemente en ti, independientemente del espectáculo exterior pasajero."

Pero ¿cómo se puede ser feliz? El libro de Howard dice: "Acepta la derrota de todas tus ideas fijas sobre lo que constituye la felicidad. Déjalas que sean totalmente conquistadas. No sé nada sobre la felicidad. Ahora bien, una (persona) rara vez se da cuenta de que posee ideas fijas, que sostiene ferozmente como válidas, por lo que es incapaz de ofrecerlas en sacrificio. Sin embargo, cada vez que te sientes infeliz, ves su falsedad. Te obligan a verlas. Acéptalas como el hecho evidente de que no sabes lo qué te hará feliz. Ahora estás en camino."

El Art de la Intimdad

¿Era Lucía tan feliz como decía o estaba tratando de convencerse de que era feliz? Después de lo que pasó en un largo matrimonio que terminó en separación hace menos de tres años y en base a lo que sabía de sus relaciones desde entonces y otras revelaciones, me preguntaba hasta dónde había llegado. Ella estaba en camino de ser feliz, pero aún no estaba seguro de cuán cerca estaba, y si estaba dispuesta a hacer lo que fuera necesario para llegar hasta el final. Quería ayudarla a llegar allí.

Pero, ¿estaba siquiera calificado en ese departamento? Reconocía la felicidad cuando la veía; el desafío consistía en expresarlo de manera reflexiva y convincente. Tendría que recurrir a mi experiencia y capacidad didáctica. Tendría que leer y estudiar más para aprender a enseñar lo que había que enseñar. Entonces comencé a leer, leer mucho. Cuando te preocupas por alguien, haces lo que sea necesario. Comprendería esta dulce flor y la cuidaría hasta convertirla en un dichoso y burbujeante manojo de alegría, como ella y todos nosotros éramos cuando nuestros padres estaban cerca.

Capítulo 8

"Las Coquettes saben complacer; no cómo amar, por eso los hombres las aman tanto." Pierre De Marivaux

Ese objetivo de comprensión tendría que ser, en parte, descubrir cómo Lucía amaba y buscaba el amor. Parecía tener una personalidad tranquila y distante, tal vez algo narcisista pero cariñosa, tímida pero audaz, reservada pero agresiva. ¡Muchas contradicciones! ¿Era ella lo que Greene en El arte de la seducción categoriza como Coquette? Corrí hacia atrás y busqué Coquette en el libro de Greene. ¡Ummm! ¡El relato de Greene parecía encajar! Si ella era una Coquette, me esperaba un desafío. Las Coquettes son autosuficientes con un núcleo cautivador y fresco. Si ella era una Coquette, ¿era el tipo de persona por la que los hombres se pelean? Veamos una Coquette con más detalle. El libro de Greene dice de la Coquette:

La capacidad de retrasar la satisfacción es el arte supremo de la seducción: mientras espera, la víctima queda esclavizada. Las Coquettes son las grandes maestras de este juego y orquestan un movimiento de ida y vuelta entre la esperanza y la frustración. Ceban con la promesa de recompensa (la esperanza de placer físico, felicidad, fama por asociación, poder), todo lo cual, sin embargo, resulta difícil de alcanzar; sin embargo, esto sólo hace que sus objetivos les persigan aún más. Las Coquettes parecen totalmente autosuficientes: no te necesitan, parecen decir, y su narcisismo resulta endiabladamente atractivo. Quieres conquistarles pero ellas tienen las cartas. La estrategia de la Coquette nunca es ofrecer satisfacción total. Imita la alternancia de calor y frescor de la Coquette y mantendrás a los seducidos pisándote los talones.

O en lugar de ser una Coquette, simplemente no le gustaba tanto, así que sólo parecía que estaba jugando como una Coquette, o que podía atraparme por completo con su coquetería precisamente porque era eso, una Coquette. Ella me provocó con la esperanza de obtener placer físico. Ella dijo en Vermont, dejemos que el sexo espere, posiblemente fue una pista de su lado coqueto. Si ella era consciente o no de sus modales, estaba surtiendo su efecto, antes de que me diera cuenta de lo que estaba sucediendo, y para entonces ya era demasiado tarde, esta Coquette había enganchado a una víctima. ¡Esta vez un Rake! ¿Cómo podía un Rake sucumbir a semejantes maniobras? ¿Acaso no era él quien mandaba? Todos somos víctimas de nuestra propia vanidad. Pensamos que esta persona no podía escapar a nuestros encantos mientras era succionada.

Por otro lado, ¿estaba bajo el hechizo de su propia naturaleza narcisista o tenía pleno control de sí misma? Verás, ella en realidad era al menos dos personas en una. La tímida Lucía codependiente y la Lucía espiritual independiente.

Una Lucia es tímida, introvertida, intuitiva y sin prejuicios.

Esa persona quiere seguirte y dejarte tomar las decisiones importantes. A esta persona tímida le atraían los hombres que eran como ella. No es que ella me lo dijera, pero ese era el lado que no le gustaba, el lado que quería borrar. Era el lado adicto, una adicción que necesitaba los proverbiales doce pasos para curarse, pero como todavía no había admitido que tenía una adicción, no ingresó a ningún programa. Pero estos hombres eran invisibles.

Tal vez su padre no estaba presente física, emocional o ambas: ¡invisible! La mayoría no estan para con sus hijas. Están ocupados proveyendo y no pueden brindar el tipo de amor que una hija necesita, incluso si quisieran porque simplemente no saben cómo. Entonces las hijas crecen con padres a quienes aman muchísimo, pero se sienten vacías porque el amor no es correspondido. Aquí es donde ella estaba. ¡Persiguiendo al hombre invisible! No estaban cerca. No estaban atentos a ella, lo que la hacía sentir inadecuada, así que para compensar se esforzaba más y cuanto más se esforzaba más desatentos se volvían.

¿Y por qué iban a intentarlo cuando ella les da lo que quieren, sexo fácil, sin intentarlo ni tener que ganárselo? Las mujeres tienen todo el poder, lástima que no lo saben, un libro de Michael J. Lockwood resalta este punto con grandeza. Lo único que ven los hombres invisibles es a otra chica que se pone. Creen que si ella es así de fácil, entonces todos los chicos de alrededor lo saben. Se corre la voz. Y lo que está bien para los chicos no está bien para

El Art de la Intimdad

las chicas. Ella perseguía un sueño, una fantasía.

Su soltero Jeffery era uno de esos hombres invisibles con los que salió después de su separación de su segundo marido. Me habló de su amor declarado pero no correspondido por Jeffery, una relación que terminó cuando él volvió con una antigua novia. Ella se había volcado en él, no se había guardado nada, se había abierto completamente a él. Estaba dañada, nuevamente herida, después de una profunda herida por un segundo matrimonio fallido. Le indiqué que las relaciones a menudo terminan con el regreso de un antiguo amor. Estaba atenta a los nuevos amores y daba por sentado que todos los viejos amores eran parte de un pasado al que nunca había que volver. ¿Se equivocó al volcar su amor descaradamente? No, en absoluto. Si puedes seguir adelante. Y no afecta tu próxima relación. Pero así fue, no estoy contento de informarlo.

Lucía todavía no había superado a Jeffery. Un día, hablando de viajes, mencionó que quería ir a Londres, Inglaterra. Cuando pregunté por qué esa parte del mundo, pensando que era un lugar que siempre quiso visitar, me quedé anonadado al saber que era para recuperar algunas pertenencias de la casa de Jeffery. Cuando le pregunté si quería volver a verlo, contestó que él no iba a estar allí en ese momento.

Los artículos no tenían ningún valor monetario, sólo sentimentales. ¡Básicamente lo estaba acosando! Necesitaba superarlo y seguir adelante. Le sugerí que leyera el capítulo El poder de la supermente sobre el duelo, de Vernon Howard. Mejor aún, lee el maldito libro completo. ¿Quería estar cerca de una víctima de una relación fallida que se autoflagela, se castiga y se odiaba a sí misma? La verdad es que no. ¿Quería ayudarla a cambiar? ¡Quizás sí, quizás no! ¡Pues sí! ¡Sí quería!

Lo hice porque también estaba la Lucía que era espiritual. Esa persona era distante, calculadora, Coquette, ensimismada, resistente, hermosa y encantadora. "Si ella (Joséfina) hubiera sido más tierna, más atenta, más cariñosa, tal vez Bonaparte la habría amado menos." - Citado en La emperatriz Josefina: la hechicera de Napoleón, Philip W. Sergeant. Esa fue la chica que me chocó en el avión.

¿Me habría sentido más atraído por una Lucía más tierna, más atenta y cariñosa? Me atrajo el lado espiritual. Si una Coquette estaba jugando conmigo, no me di cuenta de inmediato hasta que releí el libro de Greene y eso no sucedió hasta más tarde. Para entonces las tornas habían cambiado. El Rake jugó en las manos de la Coquette como un guante bien ajustado. Ella tenía algo que yo quería: poseerla. La búsqueda desapegada del Rake se había convertido en un apego basado en el ego, una sentencia casi de muerte por obtener el objeto de deseo como una Coquette.

Tuve que volver a la persecución desapegada. ¿Por qué es

eso importante? El desapego tiene una base espiritual. En una carta a un alumno, citada en Paul Roazen, Freud and His Followers, Freud describe por qué el desapego es importante: "Hay una manera de representar la propia causa y, al hacerlo, tratar a la audiencia de una manera tan fría y condescendiente que es probable que se den cuenta de que uno no lo hace para complacerlos. El principio siempre debería ser no hacer concesiones a quienes no tienen nada que dar pero sí tienen todo que ganar de nosotros. Podemos esperar hasta que estén suplicando de rodillas, incluso si eso lleva mucho tiempo."

En otras palabras, darles la vuelta. Te hacen esperar, pero tú los haces esperar aún más. Te envían una carta, un correo electrónico, un mensaje de texto. Tú esperas más de lo que les tomó responder a tu comunicación antes de responder. Si quieren las fotos del paseo por el parque, esperas hasta la segunda o tercera solicitud y luego esperas una o dos semanas antes de enviarlas. Si no te piden las fotos, pregúntales si las quieren y por supuesto te dirán que sí. Espere dos semanas antes de enviarlas.

Puede parecer que estaba rogando de rodillas por su atención con todos los poemas, videos y mensajes. No lo estaba porque me desperté mucho antes de caer en tal condescendencia. El enigma era decidir continuar el camino del Rake o retirarse y afrontar el comportamiento de Coquette con el mismo. Combatir el fuego con fuego, por así decirlo. De hecho, Greene recomienda en El arte de la seducción hacer exactamente eso para ganar una Coquette. Según

El Art de la Intimdad

Greene, la forma de lidiar con los encantos de una Coquette era: "Imita la alternancia de calor y frialdad de la Coquette y mantendrás a los seducidos pisándote los talones." ¡Sin embargo, es más fácil decirlo que hacerlo! Su fragilidad me mantuvo a raya.

¿Hago la guerra y me hago el duro para conseguirlo, o simplemente me dejo llevar por la coquetería y le hago saber que sé lo que está pasando y ver si la conciencia afecta su comportamiento hacia mí. Elegí el camino correcto. Reducirme a ser un coqueto puede afectar el resultado deseado, pero ¿a qué precio? Sería una farsa y al final se sentiría engañada. Ya había sido herida y engañada bastante.

Quería demostrar cómo era una relación sana, incluso si no funcionaba y ella no correspondía con su amor. Pero estaba seguro de que lo haría. Los sentimientos positivos engendran resultados positivos.

¿Cómo se mostró el tímido Napoleón con Josefina, la maestra Coquette? Es un ejemplo extremo del formidable poder de una Coquette incluso sobre líderes famosos. Greene cuenta la historia en El arte de la seducción:

En el otoño de 1795, París se vio sumida en un extraño vértigo. El Reino de Terror que siguió a la Revolución Francesa había terminado; El sonido de la guillotina había desaparecido. La ciudad exhaló un suspiro colectivo de alivio y dio paso a fiestas

El Art de la Intimdad

salvajes y festivales interminables.

El joven Napoleón Bonaparte, que entonces tenía veintiséis años, no tenía ningún interés en tales juergas. Se había hecho un nombre como un general brillante y audaz que había ayudado a sofocar la rebelión en las provincias, pero su ambición era ilimitada y ardía en deseos de nuevas conquistas. Por eso, cuando, en octubre de ese año, la infame viuda Josephine de Beauharnais, de treinta y tres años, visitó sus oficinas, no pudo evitar sentirse confundido. Josephine era tan exótica y todo en ella era lánguido y sensual. (Sacaba partido a su condición de extranjera: venía de la isla de Martinica).

Por otra parte, tenía fama de mujer suelta y el tímido Napoleón creía en el matrimonio. No obstante, cuando Josephine lo invitó a una de sus veladas semanales, él aceptó. En la velada se sintió fuera de su elemento. Todos los grandes escritores e ingenios de la ciudad estaban allí, así como los pocos miembros de la nobleza que habían sobrevivido: la propia Josephine era vizcondesa y había escapado por poco de la guillotina. Las mujeres eran deslumbrantes, algunas de ellas más hermosas que la anfitriona, pero todos los hombres se congregaron alrededor de Josephine, atraídos por su elegante presencia y sus modales majestuosos.

Varias veces dejó atrás a los hombres y se puso al lado de Napoleón; nada podría haber halagado más su ego inseguro que tal atención. Comenzó a hacerle visitas. A veces ella lo ignoraba y él se marchaba en un ataque de ira. Sin embargo, al día siguiente llegaba una carta apasionada de Josephine y él corría a verla. Pronto pasó la mayor parte de su tiempo con ella. Sus ocasionales muestras de tristeza, sus ataques de ira o de lágrimas, sólo profundizaban su apego. En marzo de 1796, Napoleón se casó con Josefina.

Dos días después de su boda, Napoleón partió para liderar una campaña en el norte de Italia contra los austriacos. "Eres el objeto constante de mis pensamientos," le escribió a su esposa desde el extranjero. "Mi imaginación se agota al adivinar lo que estás haciendo." Sus generales lo veían distraído: salía temprano de las reuniones, pasaba horas escribiendo cartas o mirando la miniatura de Josephine que llevaba colgada del cuello. Lo había llevado a ese estado la insoportable distancia que los separaba y una ligera frialdad que ahora detectaba en ella: escribía poco y sus cartas carecían de pasión; ni se reunió con él en Italia. Tenía que terminar su guerra rápido para poder regresar a su lado.

Enfrentandose al enemigo con un fervor inusual, comenzó a cometer errores. "¡Vivir para Josephine!" le escribió. "Trabajo para acercarme a ti; Me mato para alcanzarte." Sus cartas se volvieron más apasionadas y eróticas; una amiga de Josephine que los vio escribió: "La letra [era] casi indescifrable, la ortografía inestable, el estilo extraño y confuso... ¡Qué posición para una mujer encontrarse en -ser la fuerza motivadora detrás de la marcha triunfal de todo un ejército."

El Art de la Intimdad

Pasaron los meses en los que Napoleón suplicaba a Josefina que viniera a Italia y ella le ponía un sinfín de excusas. Pero finalmente accedió y partió de París hacia Brescia, donde él tenía su cuartel general. Sin embargo un encuentro cercano con el enemigo en el camino, la obligó a desviarse hacia Milán. Napoleón estaba lejos de Brescia, en batalla; cuando regresó y la encontró todavía ausente, culpó a su enemigo, el general Würmser, y juró venganza. Durante los meses siguientes pareció perseguir dos objetivos con igual energía: Würmser y Josephine. Su esposa nunca estuvo donde debía estar: "Llego a Milán, corro a tu casa, dejándolo todo a un lado para estrecharte en mis brazos. ¡Tú no estás allí!"

Napoleón se enojaba y se ponía celoso, pero cuando finalmente alcanzó a Josephine, el más mínimo de sus favores derretía su corazón. Daba largos paseos con ella en un carruaje a oscuras, mientras sus generales echaban humo: se perdían reuniones y se improvisaban órdenes y estrategias. "Nunca", le escribió más tarde, "una mujer había tenido un dominio tan completo del corazón de otra persona." Y, sin embargo, el tiempo que pasaron juntos fue muy corto. Durante una campaña que duró casi un año, Napoleón pasó apenas quince noches con su nueva esposa. Más tarde, Napoleón escuchó rumores de que Josefina había tenido una amante mientras él estaba en Italia.

Sus sentimientos hacia ella se enfriaron y él mismo tomó una serie interminable de amantes. Sin embargo, Josephine nunca estuvo

El Art de la Intimdad

realmente preocupada por esta amenaza a su poder sobre su marido; unas cuantas lágrimas, algo de teatro, un poco de frialdad por su parte, y él siguió siendo su esclavo. En 1804, la coronó emperatriz y, de haber tenido un hijo, habría seguido siéndolo hasta el final. Cuando Napoleón yacía en su lecho de muerte, la última palabra que pronunció fue "Josefina."

Durante la Revolución Francesa, Josephine estuvo a pocos minutos de perder la cabeza en la guillotina. La experiencia la dejó sin ilusiones y con dos objetivos en mente: vivir una vida de placeres y encontrar al hombre que mejor pudiera proporcionárselos. Desde el principio puso su mirada en Napoleón. Era joven y tenía un futuro brillante. Debajo de su exterior tranquilo, Josephine sintió que era muy emocional y agresivo, pero esto no la intimidó; sólo reveló su inseguridad y debilidad. Sería fácil esclavizarlo.

Es posible que también haya sentido el mismo exterior tranquilo que oculta mi lado emocional y agresivo ocasional. Esta frustración ante acontecimientos sin importancia se manifestó brevemente en Las Vegas. Su reacción fue preguntar con calma si todo estaba bien. Ella no se dejó intimidar. Había vivido con desasosiego durante veinte años al nivel de Josephine y desde entonces había aprendido a través de su lado espiritual a comprenderlo y hablarlo en lugar de mantenerlo dentro y sentir que de alguna manera era culpa suya. Admiré su determinación de mantener la calma y me pregunté de dónde lo había conseguido, algo que aprendería más tarde en su diario personal privado en línea, un blog que documenta sus emociones durante los veinte años de matrimonio que se disolvió. La ruptura la afectó más de lo que quería admitir, a diferencia de la capacidad de Josephine para afrontar una relación con una persona controladora.

"Primero, Josephine se adaptaba a su estado de ánimo, lo encantaba con su gracia femenina, le calentaba con su mirada con su apariencia y sus modales. Él quería poseerla. Y una vez que había despertado ese deseo, su poder consistía en posponer su satisfacción, en alejarse de él, en frustrarlo. De hecho, la tortura de la caza proporcionó a Napoleón un placer masoquista. Anhelaba someter su espíritu independiente, como si fuera un enemigo en la batalla. La gente es inherentemente perversa. Una conquista fácil tiene menor valor que una difícil; sólo nos excitamos realmente por lo que se nos niega, por lo que no podemos poseer en su totalidad. Tu mayor poder de seducción es tu capacidad de dar la espalda, de hacer que los demás te persigan, retrasando su satisfacción. La mayoría de las personas calculan mal y se rinden demasiado pronto, preocupadas de que la otra persona pierda el interés o de que darle al otro lo que quiere le conceda una especie de poder.

La verdad es todo lo contrario: una vez que satisfaces a alguien, ya no tienes la iniciativa y te abres a la posibilidad de que pierda el interés al menor capricho. Recuerde: la vanidad es fundamental en el amor. Si haces que tus objetivos teman que te

El Art de la Intimdad

estés retrayendo, que en realidad no estés interesado, despertarás su inseguridad innata, su temor de que, a medida que los conoces, se vuelven menos interesantes para ti. Estas inseguridades son devastadoras. Luego, una vez que los hayas hecho inseguros de ti y de ellos mismos, reaviva su esperanza, haciéndolos sentir nuevamente deseados. Caliente y frío, caliente y frío: esa coquetería es perversamente placentera, aumenta el interés y mantiene la iniciativa de tu lado. Nunca te dejes intimidar por la ira de tu objetivo; es una señal segura de esclavitud."

El frío caliente era una carta deshilachada y arrugada en mi mazo de cartas. Cuando sé que a la muchacha le importa aunque sea un poco después de la persecución libertina, empuño mi tarjeta fría y caliente. ¡Mi as en la manga! Pero no es tan fácil como parece debido al temor de que el objeto de atención esté alerta a la artimaña. ¡Rara vez sucede! Yo diría que confíen en mí, pero eso es una torpeza. Lograr que ella persiga requiere paciencia. La falta de paciencia de Napoleón le impidió jugar la carta fría y caliente con Josephine. Ella no habría caído en la trampa de todos modos. Greene dijo que Josephine quería ser conquistada. Para que eso sucediera, Josefina tenía que ser conquistable. ¿Lo era? Estaba contenta de tener a Napoleón donde quería, esclavo de sus manipulaciones, algo que él era incapaz de superar. ¿Fue conquistada? ¡Sí! Amaba a Napoleón, pero en sus términos Coquettish.

Cuán similar era la capacidad de Lucía a la de Josefina para

El Art de la Intimdad

enfrentar situaciones difíciles. ¿Estaba la psique de Lucía demasiado dañada por un matrimonio fallido como para recuperarse lo suficiente como para entablar relaciones enriquecedoras con aquellos que respetaban la libertad de pensamiento y acción?

Josephine era extranjera y vivía en la isla caribeña de Martinica. Lucía hablaba con acento británico, era ciudadana de un país extranjero y vivía en las Bahamas.

Pasaron los meses en los que Napoleón suplicaba a Josefina que viniera a Italia y ella le ponía un sinfín de excusas. Soporté excusas por las que ella no podía volver a vernos pronto. Una de esas excusas consistía en esperar la invitación de algún chico para una estancia prolongada en Buenos Aires.

Napoleón se enojaría y se pondría celoso en las mismas circunstancias. Pero cuando finalmente se unió a Josephine, el más mínimo de sus favores derritió su corazón. Los correos electrónicos y mensajes de texto de Lucía después de Las Vegas se volvieron menos frecuentes, especialmente después de que tuvo un amante, pero su afecto cuando estábamos juntos me ablandaba el corazón.

Los sentimientos de Napoleón por Josefina se enfriaron al enterarse de la existencia de su amante y tomó una serie de amantes. "Sin embargo, Josephine nunca estuvo realmente preocupada por esta amenaza a su poder sobre su marido; unas cuantas lágrimas, algo de teatro, un poco de frialdad por su parte, y él siguió siendo su esclavo."

El Art de la Intimdad

Inmediatamente restablecí relaciones con mujeres que todavía sentían algo por mí. Por cierto, no es justo para ellas. ¿Cómo supe que todavía tenían sentimientos? Por sus respuestas airadas debido a mi ausencia. No sirvió de nada. Ya no me interesaban. Estaba avivando mi ego. Lo que iba a matar si no me atrapaba a mí primero.

Una vez que Josephine había despertado el deseo, según Greene, "su poder residía en posponer su satisfacción, alejándose de él, frustrándolo." Y el efecto de este poder fue según Greene: "Anhelaba someter su espíritu independiente, como si ella fuera un enemigo en la batalla." Lucía tenía un fuerte espíritu independiente Ganado a pulso por luchar contra un marido controlador y abusivo. Dependía de él para satisfacer todas sus necesidades. No estaba dispuesta a repetir esa actuación con nadie. Al menos el lado coqueto y adulto de Lucía.

Capítulo 9

"El poder del momento presente es tan inmenso que es capaz... de destruir para siempre todos los errores y arrepentimientos pasados." Vernon Howard

Planteé una pregunta que esperaba que Lucía aceptara al comienzo de su estancia en Las Vegas.

Le pregunté: "¿Podríamos vivir el momento mientras estamos aquí?" Hablamos durante un rato sobre lo que eso significaba y después de un rato ambos acordamos que nos concentraríamos en ser libres del pasado y el futuro, y viviríamos el momento. De hecho, estuvimos cerca. En un par de casos nos olvidamos y cometimos un error permitiendo que las conversaciones sobre el futuro nublaran el momento.

La mayoría de las personas, en general, viven una vida con ansiedad y temor. Tendemos a reaccionar ante las situaciones cotidianas de la vida recordando más lo desagradable que lo agradable. Recordamos el último desaire percibido en lugar de los años de bien que una relación había producido. El momento presente está ausente de miedo y ansiedad. Esto se logra perdonando y olvidando en la medida de lo posible. Los recuerdos llegan y arruinan la libertad del momento. Quería que disfrutáramos de Las Vegas como niños. Dichosos, libres del pasado, diciendo lo que teníamos en mente y haciendo lo que quisiéramos sin temor a ser juzgados o a cómo nuestras palabras y acciones nos afectaron. ¡Todo un reto! Esto requirió vigilancia, pero valió la pena el esfuerzo.

Y nuestro acuerdo del momento presente mejoró el viaje a Las Vegas. ¡Nos lo estábamos pasando genial! Vimos espectáculos populares, todos estupendos. Cenamos bien. Hicimos el amor con entusiasmo y ternura repetidamente. Caminamos, bailamos en la calle, hablamos cuando nos apetecía, reímos a carcajadas, nos tomamos de la mano espontáneamente, nos abrazamos, nadamos en la piscina y nos movimos como uno solo por la ciudad como si no estuviera construido para nadie más. Toda la preparación y conmoción por qué el viaje no se desarrollara como deseaba se disolvió. Yo era un niño camuflado como un adulto, lleno de energía y paz.

El segundo día nos mudamos a The Flamingo, que ahora muestra su edad, pero sigue siendo encantador con su decoración de flamencos rosados y flamencos vivos y otros amigos emplumados en los amplios jardines y estanques llenos de nadadores exóticos y coloridos. Nuestra habitación daba a los jardines con la rueda de observación High Roller como telón de fondo que sintonizaba muy lentamente y se iluminaba en suaves azules y blancos por la noche. Una de las atracciones más esperadas de Las Vegas es la enorme torre de observación giratoria de 550 pies conocida como High Roller. Lejos de la noria normal de carnaval, el High Roller tarda

El Art de la Intimdad

treinta minutos en girar. Tomé una fotografía del High Roller bien iluminado por la noche, interrumpida por una silueta desnuda de pie junto a la ventana del piso al techo. El pensamiento de eso siempre interrumpe mi línea de pensamiento con anhelo y asombro ante su cuerpo perfectamente esculpido.

Las fuentes frente al hotel Bellagio fueron una experiencia del momento presente. Aproximadamente cada media hora, el lago de ocho acres entra en erupción en un espectacular despliegue de luz y corrientes de agua que se disparan cada vez más alto, alcanzando más de 450 pies mientras gira al ritmo de Billy Jean de Michael Jackson y otros éxitos populares. ¡Es fascinante! El agua se mueve, gira y gira sincronizado con un in crescendo de oohs y ahhs de los espectadores cautivados, incluida Lucía. Capturé sus ooh y ahhs en video para su colección de recuerdos.

Le encantó el espectáculo y quería volver. "¿Podemos, podemos?" exclamó.

Aquella noche volvimos a ser testigos del espectáculo desde el cruce de enfrente, mientras peatones, coches, motocicletas y taxis pasaban desapercibidos.

Durante la exhibición, señaló un gigantesco cartel digital que invitaba a los visitantes a un espectáculo tipo Chippendale. Le dije: "¿Quieres verlo?", Ella dijo, "no, en realidad no." Sabía que sí, pero fue demasiado educada y respetuosa para decirlo.

El Art de la Intimdad

Quedó fascinada por la actuación nocturna del Grupo Blueman. Es un espectáculo único, muy diferente de las omnipresentes rutinas de baile y canciones eróticas de Las Vegas. Es un grupo de unos tres tipos golpeando tuberías de plástico y otros objetos en un desastre colorido y con el ceño fruncido cuando un Blueman mete la pata, lo cual es, por supuesto, forma parte del acto. Es graciosísimo ¡muy divertido! Estaban ahora a lo grande y pensé que a ella le encantarían. ¡Y así fue!

Teníamos una vista magnífica a media distancia desde el escenario. Nos envolvió con entusiasmo en la cinta de gasa que se les pasó a todos antes de que comenzara el espectáculo y participó en la diversión de redirigir docenas de globos de cinco pies de diámetro, de colores brillantes y formas extrañas. No podía dejar de tomar fotografías. Era como una niña plenamente entretenida. ¡Me encantó su alegría! Estaba inmersa en el momento.

Visitamos la Galería de Bellas Artes del Bellagio Casino. Vimos cada una de las cuarenta y tres pinturas, linógrabados y litografías de Pablo Picasso. Fueron creados entre 1938 y 1971. La exposición ponía de relieve su habilidad para crear retratos que van del realismo a lo sumamente abstracto. Las obras muestran también la extraordinaria capacidad de Picasso para capturar la forma humana, aunque de forma trastornada.

Le dije: "es sorprendente qué arte se vuelve grandioso y cuál no, porque a la mayoría de los artistas nunca les gusta su trabajo." Lucía, la artista, sonrió con complicidad.

Pero ¿qué dice el cubismo de Picasso? Que la vida y la gente modernas son bizarras en comparación con la representación de la vida y las personas de los artistas holandeses en el siglo XV. ¡Me pregunté!

Pablo Picasso, nacido en 1881, fue uno de los artistas más dominantes e influyentes de principios del siglo XX. Se le asocia sobre todo con el cubismo pionero (objeto presentado con diferentes ángulos y formas geométricas o pequeños cubos). Una forma de arte moderno. Trabajó junto a Georges Braque.

Los estudiosos del cubismo de Picasso sugieren que era un artista vago. Dijeron que le faltaba color, que sus objetos no eran realistas y que su mala perspectiva sugería que no era un artista hábil. De nuevo, lo que una persona dice sobre el arte no es lo que otra piensa. Al menos Picasso fue creativo y el primer cubista, por lo que, al igual que los derrames de Pollock, lo nuevo e innovador tienen un fuerte impacto. La permanecia es la prueba definitiva. ¡Michelangelo perdura!

Georges Braque nunca disfrutó de la popularidad de la obra de Picasso. En mi opinión, eso probablemente se debió a diferencias de personalidad. Es difícil distinguir sus pinturas. Pero el carisma de Picasso atrajo a financieros que exhibieron sus obras en lugar de las de Braque. El carisma es un tipo de personalidad seductor bien tratado en El arte de la seducción de Greene.

El carisma de Picasso también atrajo a las mujeres. Sus mujeres se colaron en su arte. Les Demoiselles d'Avignon de Picasso, pintada en 1907, es el ejemplo más famoso de pintura cubista. En el sitio web punto org de Pablo Picasso se lee: "En esta pintura, Picasso abandonó toda forma y representación conocida del arte tradicional." Utilizó la distorsión y las formas geométricas de una manera innovadora, que desafía la expectativa de que las pinturas ofrezcan representaciones idealizadas de la belleza femenina." La pregunta que le haría al Sr. Picasso, si todavía estuviera vivo, es por qué distorsionar lo que es bello como el cuerpo de una mujer hermosa.

Picasso admitió que el cubismo era extraño. Dijo: "Queríamos que la gente pensara en esta extrañeza porque éramos muy conscientes de que nuestro mundo se estaba volviendo muy extraño y no exactamente tranquilizador." ¡Cuan cierto!

¿Se perdieron en el mundo moderno los valores del período renacentista, el trabajo duro y la austeridad, o fue el renacimiento el comienzo de lo que hemos llegado a ser -¡Raro e inquietante, pregunto!

He pasado innumerables horas en galerías de arte de todo el mundo, París, Holanda, Alemania, Argentina, Nueva York,

El Art de la Intimdad

Washington, DC, Boston y cientos de galerías grandes y pequeñas en el medio. Entonces, ¿qué sabía yo sobre el arte? De hecho, ¡prácticamente nada! El arte es demasiado esotérico para comprenderlo con gran profundidad. Lo que lo hace grandioso, atractivo o poco atractivo está en el intelecto de quien lo contempla. No sabemos lo qué viaja por la mente de un artista. Él tampoco lo sabría con certeza aunque estuviera vivo para decírnoslo. Al igual que nunca sabemos qué hay en nosotros que nos hace atractivos como alguien a quien amar. La regla número uno es no tomarlo como algo personal si el objeto de nuestro deseo no se siente atraído por nosotros.

Salimos de la galería Picasso y, mientras caminábamos, le llamó la atención una tienda que exhibía las estatuas hechas a mano por Richard MacDonald de los artistas del Cirque du Soleil en acción.

Vegas punto com describe la escultura de MacDonald. "Si nunca has oído hablar del movimiento neofigurativo, probablemente no estés solo. Pero eso no cambia el hecho de que Richard MacDonald está revolucionando las cosas con su galería inspirada en las maravillas del Cirque du Soleil. Puede que Play-Doh sea el límite de tus conocimientos sobre escultura, pero no es necesario saber nada sobre arte para descubrir por qué es famoso en todo el mundo. No podemos imaginar un tema más sorprendente que los artistas del Cirque sobrehumanos y épicamente flexibles.

El Art de la Intimdad

MacDonald utilizó a estos acróbatas, bailarines y contorsionistas para capturar la esencia de sus movimientos, asegurándose de incorporar la masa muscular que la mayoría de los estadounidenses no tienen. No sólo te preguntarás cómo llegaron los modelos a esas poses, sino también cómo MacDonald las recreó tan perfectamente. Más de cincuenta esculturas de bronce se presentan en la galería del Teatro "O", algunas de las cuales tardaron ocho años en terminarse. Cuando los veas, sabrás por qué. Debido a su aprecio por la gracia, la fuerza y el aplomo de los artistas, muchas de sus piezas están colocadas en ángulos que definitivamente te harán inclinar la cabeza hacia un lado."

Como no quería hacer nada que yo no quisiera hacer, ella preguntó con indiferencia: "¿Te gustaría entrar?" ¡Por supuesto lo hice!

También sabía que ella estaba conteniendo su entusiasmo en caso de que yo no quisiera visitar la tienda. Sabía de su adoración por la forma humana. Nos maravillamos ante la gracia, la fuerza y el aplomo de las poses de los artistas del Circo. También te harán replantearte ese pastel de chocolate doble holandés que acabas de comer.

Sabía lo que estaba pensando mientras estudiaba cada una de las formas. Estoy seguro de que estaba pensando que las esculturas son increíbles. Están perfectamente esculpidas en poses elegantes y seductoras. Richard MacDonald ha captado la esencia de los movimientos de los acróbatas, bailarines y contorsionistas del Cirque du Soleil, y especialmente la estructura muscular."

Conjeturé cómo los modelos adoptaron esas poses y cómo MacDonald las recreó de manera tan perfecta. ¡Miguel Ángel tenía poco sobre este tipo! ¡Está bien, quizá si! Pero el tiempo será el juez final. Vincent van Gogh no pudo vender suficientes cuadros para sobrevivir. ¡Pruebe y compre un Van Gogh ahora!

Caminaba lentamente por la gran galería observando con deleite cada matiz de cada estatua, como si de repente fueran a saltar milagrosamente del estante en un exquisito salto acrobático con doble eje giratorio. Me consumía más su embeleso que el studio serio de cada pieza, y no es que no pensara que la obra fuera espectacular, pero observarla a ella me cautivaba más. Señaló una pieza en particular que le gustaba y ambos miramos en silencio su belleza y gracia.

El dependiente de la tienda, sintiendo que Lucía estaba disfrutando de las obras y estaba tan comprometida, se puso de pie y le dio una ferviente y meticulosa biografía del artista y antecedentes sobre piezas importantes durante una buena media hora, y concluyó presentando su tarjeta de visita y ofreciéndo la Esperanza de que pudiéramos considerar una compra. Lo haríamos, pero no entonces.

Capítulo 10

"Nadie se enamora por elección, es por casualidad." Desconocido

El espectáculo Mystère Cirque du Soleil en el Treasure Island Hotel and Casino valió cada centavo del precio de la entrada. Nuestros asientos estaban apoyados contra la barandilla del escenario con mucho espacio para las piernas y nadie nos obligaba a estirar el cuello para ver. ¡Y fue un espectáculo! Parecía que los artistas estaban por primera vez en el escenario, no porque flaquearan, sino porque nos estaban dando lo mejor de sí mismos y lo estaban disfrutando tanto como el público. Disfrutar de lo que haces es una poderosa atracción para quienes participan en lo que haces.

El espectáculo mantuvo nuestras sensaciones en alerta máxima durante los noventa minutos. Nuestra cabeza giraba mientras todo sucedía alrededor y por arriba. Los acróbatas alzan el vuelo entrelazados en largas hileras de seda a gran altura y caen muy lejos antes de atraparse. Muchas de las capturas las realizan personas que cuelgan boca abajo de una barra, y los artistas dan volteretas mientras vuelan hacia la barra opuesta. La música es una tenue clásica guitarrra y vocalizaciones etéreas. Me alegré de que se entretuviera y pareciera perderse en las vistas y los sonidos como yo sabia que haría, ya que es una persona que sintoniza sobre todo con

El Art de la Intimdad

el lado sensorial de la vida.

Mike Weatherford del Las Vegas Review-Journal dijo: "Con 18 años, más de 8.630 espectáculos y trece millones de clientes en su haber, 'Mystere' sigue reflejando la pureza de una compañía que sorprende y deleita de verdad."

El espectáculo comienza antes de que te des cuenta de que ya ha comenzado con personajes interesantes que trabajan entre el público que va llegando y provocan carcajadas en todo momento. Además, un comico de edad avanzada tira palomitas de maíz a los espectadores y arrastra a otros al escenario y los encierra en una caja. Me senté en mi asiento.

Luego está el personaje del bebé grande que encuentra a su mamá o a su papá involucrando al público en el acto. Pero el golpe de gracia fue el acto aislado de dos hombres fuertes de mediana edad actuando en tándem. Me hizo sacudir la cabeza y quédé boquiabierto ante sus elegantes e impecables proezas de fuerza acrobática utiizandose a sí mismos como atrezo. Un hombre haría una parada de manos en las manos del otro mientras el otro hombre acostado lentamente se retorcía en diferentes posiciones. No podía creer lo que veía y no habría apartado la mirada durante una invasión de abejas asesinas. Lucía podría haberse desvestido en su asiento y yo no me habría dado cuenta.

Al final del espectáculo estabamos hambientos y decidimos

El Art de la Intimdad

buscar algo de comer en uno de los muchos y variados restaurantes del Casino. No tardamos en dar con un acogedor restaurante vietnamita. No había que esperar. Nos sentamos en el mismo lado del reservado para estar cerca mientras comíamos. Noodle soups con camarones para ella y con pollo para mí eran exquisitas, tan buenas como las de un buen restaurante vietnamita. No podíamos dejar de hablar sobre el acto de los dos chicos y de cuánto disfrutamos ambos de la experiencia. El espectáculo fue el tema principal de su visita y, para mi alivio, no me decepcionó.

Durante la comida me preguntó: "Carlos, ¿y si no siento tanto por ti como tú por mí?" ¿Cómo responder a esa repentina e inesperada pregunta?

Hasta ese momento nuestra conversación había sido rápida y animada. No quería que mi lenguaje corporal delatara mis pensamientos. Pensé rápidamente antes de contestar para entretenerme y entender lo que decía. Me entretuve sorbiendo con la cuchara un bocado de fideos. Digo, bien, qué te hace estar tan segura de que me importas más tú a mí? Quería estar seguro de lo que estaba diciendo. Era probablemente que no estaba segura de sus propios sentimientos.

¿No digo nada y vuelvo a preguntarle si le gusta el plato de fideos? ¿Qué lograría eso además de evitarlo? Los cobardes y los débiles optan por este enfoque. ¿Cuántas veces hacemos una pregunta difícil y nos encontramos con el silencio? Vivimos en una sociedad cada vez más menos comunicativa. No hablamos con aquellos que nos hacen sentir incómodos. En general somos incapaces de comunicarnos cerebralmente. La pregunta exigía una respuesta, una respuesta esclarecedora.

Dejé mi cuchara, me volví hacia ella, la miré a los ojos y le dije: "si no te importo tanto como tú a mí, no pasa nada, nunca hay dos personas que sientan exactamente lo mismo la una por la otra al mismo tiempo y lleva tiempo construir una relación sólida y equilibrada."

Ella no apartó la mirada de inmediato. Sostuve su mirada el tiempo suficiente para asegurarle mi sinceridad y honestidad. No estaba segura de sus sentimientos. En primer lugar, ella no estaría en Las Vegas si no le importara en algún nivel. La verdadera pregunta era si se permitiría enamorarse o si lo cortaría de raíz porque yo no era su pareja perfecta. ¡Su señor perfecto! ¿O fue alguna otra razón encubierta que le impidió confiar en sí misma para volver a amar? O no conocía el amor aunque le mordiera el pequeño y bien formado trasero. Había tenido tres matrimonios y uno o dos novios desde entonces, durante más de veinticinco años. ¡Esa es una vida de dolor y aprendizaje!

Seguro que no pondría mi alma fácilmente ahí fuera después de todo ese dolor. ¡Te lo aseguro! Me sentiría tentado a meterme en un agujero y olvidarme de volver a encontrar alguien de verdad. Todos tenemos amigos que han hecho precisamente eso. No quieren tener nada que ver con las citas y, cuando lo hacen, el dolor es fácilmente detectable, impidiendo que algo se desarrolle incluso si quisieran permitir que algo se desarrollara. No hay verdadero futuro sin sanar primero el pasado.

El amor es diferente para cada persona. Algunos dicen que es una elección, yo digo que no es una elección. Puedes enamorarte de cualquiera en cualquier momento. Antes de que te des cuenta, estás enamorado. Miras hacia atrás y tratas de precisar cómo sucedió. No es algo que puedas controlar conscientemente. Lo que puedes controlar y lo que es una elección es con quién salimos, nuestro círculo.

Busquemos o no el amor, si va a suceder, generalmente será con alguien de nuestro círculo de amigos y conocidos. Si nuestro círculo incluye principalmente personas de las que preferiríamos no enamorarnos, es natural que tengamos muchas posibilidades de enamorarnos de alguien con quien nos conformaremos. Si nuestro círculo está formado predominantemente por personas buenas y decentes, entonces hay muchas posibilidades de que terminemos amando a alguien que sea bueno y decente.

Lo que constituye un perdedor o un ganador lo define la persona que realiza la búsqueda. Si sales con una persona de mediana edad, que trabaja por propinas, con poca ambición, y eliges salir con esa persona, es muy probable que termines enamorándote. Tal vez sean buenos en la cama y te hagan reír, y si las ganancias son escasas, puedes comprometer tus estándares, lo racionalizas como un ganador. Nadie quiere conformarse con un perdedor, así que los idealizamos como ganadores. Todo lo que dicen y hacen es inteligente, maravilloso y emocionante. No hay nada de malo en este pensamiento. A menos que pienses lo contrario. La mayoría de las veces, estas personas idealizadas sólo muestran su yo exterior. Es difícil ver a la persona real a través de ojos idealizados. Tienes tantas ganas de conocer a alguien que aceptarás a cualquiera que se acerque a tu *Sr. Perfecto* y te lanzarás de cabeza a una relación romántica apasionante. Elegimos quién está en nuestro círculo. Deberíamos estar contentos con nuestras elecciones.

Lo que no es una elección es lo que nos hace sentir alguien de nuestro círculo, sea o no un perdedor o un ganador. Uno puede enamorarse con sólo una mirada o poco a poco a lo largo del tiempo. Generalmente alguien que nos hace felices, realizados y deseados y sentimos lo mismo hacia él lo llamamos amor, *pero solo en ese momento*. El amor no se sostiene con la complacencia sino con el trabajo constante para hacerlo más fuerte. Las relaciones fracasan cuando la complacencia se infiltra. Uno o ambos dejan de intentarlo, generalmente de manera inconsciente, porque han olvidado qué hizo que la relación funcionara y creciera en un principio. El cambio suele producirse inmediatamente después de grandes trastornos como la pérdida del trabajo, los hijos o una enfermedad.

Lo que es una elección es el amor incondicional. Si hay condiciones, no hay amor, sólo lujuria o satisfacción de alguna necesidad emocional o del ego. El amor condicional no es amor, sino un compañero de cuarto que paga la mitad del alquiler. Los amarías más si pagaran todo el alquiler, cortaran el césped con más frecuencia, ayudaran a lavar los platos, fueran más inteligentes, mejores en la cama, quisieran más sexo, tuvieran un mejor trabajo, o más ambiciosos o, o... y así sucesivamente.

El día después del viaje a Las Vegas, Lucía escribió: "Quiero darte las gracias, de nuevo, por un tiempo maravilloso juntos donde me sentí completamente amada, apreciada, mimada, respetada, confiable, segura, valorada, deseada y especial. Todas las cosas que todos esperan y desean sentir. Gracias."

En esto faltan las palabras Te amo. Pero el amor se puede expresar con diferentes palabras. ¿Estaba diciendo te amo? No me parece. Ella se estaba conteniendo como lo había hecho tantas veces antes. ¡Una elección!

¡Pero cómo puede el amor ser una elección! No tiene sentido. Si bloqueas los sentimientos de amor, realmente no importa cómo te haga sentir alguien. No creas un Sr. Perfecto en tu mente y una vez que lo conoces te enamoras instantáneamente. Puedes pensar que estás enamorado, pero sólo estás enamorado de una imagen, una fantasía, un cartel, un cuadro. Para ella yo era el Sr. Perfecto con el "Todo lo que todos esperan y desean sentir." Pero ella no se había enamorado - ¡pensaba! Estaba enamorada pero estaba bloqueando el sentimiento debido a una noción preconcebida sobre con quién debía ser el amor. Yo no era el hombre perfecto porque estaba casado, era mayor de lo que ella realmente quería y no estaba disponible geográficamente, por lo que ella no permitía que los sentimientos de amor fluyeran sin cesar. Ella me había dejado entrar en su círculo, se había permitido salir conmigo, un no tan Sr. Perfecto, se había enamorado de mí y rápidamente procedió a no reconocerlo. ¡Esa es una elección!

Estaba desesperada por encontrar al Sr. Perfecto. Era un hombre atlético, atractivo, divertido, bien empleado, de su edad, intelectualmente igual a ella, y tenía que hacerla sentir amada, apreciada, mimada, respetada, confiable, segura, valorada, deseada y especial.

Cuando encontraba a alguien con tal vez un par de las cualidades deseadas, se enamoraba perdidamente. Por supuesto, enseguida se convertiría en nada más que otro revolcón en el heno. Dejaría de ver a Yuan, abandonaría su autocontrol y básicamente se convertiría en una adolescente nerviosa y desmayada frente a una estrella de rock que giraba interpretando su nueva balada de amor favorita. Luego regresa con Yuan para tener suficiente sexo para retenerla hasta que conociera a otro. Ella amaba a Yuan y no tengo ninguna duda de que él la amaba, pero no era necesario que él terminara su matrimonio cuando podía tener su pastel y comérselo también. Además, sabía que ella no entendía el amor verdadero y probablemente no quería arriesgarse a poner fin a su matrimonio por ese motivo.

Había estado saliendo de vez en cuando con Yuan Marseaux, un tipo casado mayor. ¡Un amigo con beneficios! Ella dijo que él no iba a romper su matrimonio y como el sexo fue bueno, la relación perduró.

Ella había dicho en Las Vegas: "Me encanta el sexo y cuanto más, major." No tan interesadamente también dijo: "Tuve que decidir no enamorarme de él."

En mi opinión, ella se había enamorado y estaba reprimiendo los sentimientos, porque él no era el hombre indicado. ¡Él estaba casado! La verdadera razón era que probablemente él no iba a poner fin a su matrimonio por ella, por el motivo mencionado anteriormente.

Parecía que siempre estaba persiguiendo impulsivamente a alguien que no podía tener. ¡Hombres emocionalmente indisponibles! Estaba saliendo con estos hombres no disponibles, enamorándose, reprimiendo los sentimientos.

Dijo que siempre la habían visto como alguien que las

esposas querían que sus maridos evitaran. Ella no iba a ninguna parte pronto.

Me dijo que podría amar románticamente a su nuevo novio, al que conoció poco antes de Las Vegas, en parte porque "nuestra relación no se basa en el sexo. Salimos unas cuatro veces antes de tener relaciones sexuales. Mis relaciones normalmente se basaban en el sexo."

¿Estaba diciendo que si la relación no se basa en el sexo, entonces el chico es el guardián? ¿Qué pasa si ambos quieren sexo? ¿La relación se basa entonces en el sexo? Su idea de lo que significaba el amor tenía principalmente que ver con el sexo. Habíamos tenido mucho sexo en Las Vegas. Sin embargo, ella no creía que nos basáramos en el sexo. Si una relación carece, excepto de sexo, entonces no es que esté basada en el sexo, sino que le falta algún ingrediente esencial para que sea completa, satisfactoria y duradera.

Ella no habría dicho: "Me sentí amada, apreciada, mimada, respetada, confiable, segura, valorada, deseada y especial" si sintiera que nuestra relación se basaba únicamente en el sexo.

Si quiere saber si el sexo es la única fuerza motriz en una relación, entonces tendría que preguntarse si la otra persona satisface alguna de sus otras necesidades, como sentirse amada, apreciada, mimada, respetada, confiable, segura, valorada, deseada y especial. Si la respuesta es negativa, entonces sí, la relación sin duda se basa en el sexo.

Lo que ella no dice es que sus relaciones se basan ante todo en su deseo sexual. El buen sexo es su principal objetivo. Todo lo demás pasa a un segundo plano. Ella coquetea para atraer. Las mujeres coquetas generalmente son consideradas sexualmente promiscuas. La gente puede detectar a una mujer suelta a un kilómetro de distancia. Desde el momento en que me chocaron en el avión pensé que esta mujer era fácil, lo cual se confirmó una hora más tarde cuando nos estábamos besando en el avión.

¡Dijo que *yo* era fácil! Decir que no buscaba una relación impulsada por el sexo es como si un oso pensara que los salmones quieren ser capturados y comidos. Al no poder comprender completamente que la mayoría de los hombres no entablan relaciones con una mujer fácil con algo duradero en mente, se sorprende de que no la puedan amar por lo que es, una persona genuinamente amorosa, inteligente y afectuosa. Para muchos hombres, el sexo es descargar esperma de un saco presurizado; para una mujer suele ser una experiencia emocional. A los hombres no les impresionan las mujeres que no estan emocionalmente apegadas al sexo o cuya principal preocupación es el sexo.

Ella no necesita coquetear. Conseguir lo que quieres es respetado. Coquetean porque carecen de las habilidades para

El Art de la Intimdad

acercarse a los hombres de una manera sana y poderosa. Las coquetas nunca aprendieron buenas habilidades interpersonales. La baja estima bloquea el don de gentes de Lucía.

Capítulo 11

"Una mujer sabe por intuición o instinto qué es lo mejor para ella." marilyn monroe

Mientras conducía para encontrarme con Lucía por tercera vez desde que me topé con ella en el avión, Charlie Sheen estaba siendo entrevistado en la radio sobre haber contraído el virus del VIH a través de personas heterosexuales sin protección. Habíamos tenido relaciones sexuales sin protección en Las Vegas. Antes de Las Vegas ella estaba saliendo con Yuan, el hombre casado, y él había estado ausente durante varios meses. Así que no me preocupaba demasiado pescar nada. Pero ¿y si hubiera conocido a alguien desde Las Vegas y estuviera teniendo relaciones sexuales sin protección? Sospeché que había conocido a alguien.

La base de mi sospecha era que todos los días durante varias semanas después de Las Vegas recibía mensajes de texto y correos electrónicos cuando ella se despertaba y antes de acostarse. Escuchaba sobre las fiestas, los eventos deportivos, fotos de amaneceres y atardeceres, chistes y selfies. El ida y vuelta fue divertido y emocionante. ¡Estábamos conectados!

Entonces, un día conoció a un chico que la llevaba a caminar y a andar en bicicleta. Fue entonces cuando la correspondencia se hizo menos frecuente. Tenía la sensación de que algo estaba pasando.

El Art de la Intimdad

¿Pero quién era yo para decir algo? Ella tenía derecho a su privacidad y yo no tenía ningún compromiso por su parte e incluso si lo tuviera, seguiría respetando su privacidad. Además sus intenciones quedaron claras en Las Vegas. Ella no se abstendría de tener relaciones sexuales independientemente de cómo me sintiera.

Ella respondió a mi pregunta sobre ser exclusivos el uno para el otro, aparte de Yuan, diciendo: "Me pongo cachonda y además tú tienes esposa." ¡Tenía razón! Pero solté: "No puedo estar ahí cada vez que te pones cachonda."

Estábamos en medio de una escapada sexual vespertina, que se detuvo en seco con el intercambio. ¡Me disculpé! No había cumplido mi parte del trato de vivir el momento. Pero bueno… No dije nada más al respecto. Tendría una charla íntima con el Sr. Ego. ¡Es un viejo pájaro duro!

Estaba ansioso mientras hacía el largo viaje para reunirme con ella. Ella se había negado a verme después de Las Vegas. Por qué, no estaba seguro. Tal vez se había convencido a sí misma de no amarme. Mi misión era encontrar una manera de atraerla a Montreal. Si ella no iba, no estaba seguro de cuándo ni si la volvería a ver y no quería que pasara mucho tiempo antes de eso. Debido a un par de cosas que hice, para mi deleite, ella insinuó que sí quería ir. Pero me hice el coqueto e ignoré sus insinuaciones. Lo que la sedujo fue un poema que había escrito, Despertar, y contarle mis pensamientos después de leer su diario.

Este blog privado había sido escrito los meses anteriores a su separación de su último marido. Ella me había dicho que había escrito el blog y que podía leerlo si estaba interesado. Quería leerlo pero sólo si ella quería que yo lo leyera. No quería convencerla. Fue leer los pensamientos más internos de alguien, los verdaderos, expresados en un momento en el que son honestos y vulnerables. Fue una forma eficaz de conocerla mejor. Esta sería una oportunidad para adquirir experiencia sobre ella y qué mejor que leer sus palabras.

Esto fue especialmente cierto para alguien que se comunica principalmente a través de la palabra escrita. Le resultó más fácil expresar su ser más profundo por escrito. Estaba ansioso por leer el blog.

Pero dije: "bueno, todavía no estoy seguro de querer leerlo." Aunque sabía que ella quería que lo leyera, quería oír decir que ella quería que lo leyera. No quería que tuviera dudas.

Al decirle que todavía no estoy seguro de querer leerlo, la estaba ayudando a decidir. Con suerte, leerlo aumentaría su deseo de volver a estar juntos.

Su correo electrónico decía: "Hmmmm – mi diario – ¿estás SEGURO???? Vaya, está bien, acordamos la honestidad total. No es algo que haya compartido con nadie; sin embargo, si hay alguien con quien vale la pena compartirlo, probablemente seas tú. No veo cómo podría haber allí mucho de interés para nadie. Se siente muy raro compartirlo contigo... jajaja."

Mi correo electrónico decía: "Estoy seguro de leer el blog." Quiero conocerla tan bien como cualquiera puede conocer a alguien, su esencia misma. Expresa mejor sus sentimientos y pensamientos a través de la escritura. Conocerla significa leer sus palabras.

Dije además: "Fue enorme cuando escribiste La cama deshecha, que, de nuevo, fue amada, no sólo por las palabras sino también porque estuviste de acuerdo, a pesar de los temores y recelos. ¿Y ahora tu voluntad de compartir un lado muy personal? ¡Piel de gallina! Sabes que se leerá sin juzgar, independientemente de la ortografía (LOL) y con absoluta comprensión. Al compartir pensamientos escritos durante una época tumultuosa dice, en parte, que te estás permitiendo emerger más abundantemente al otro lado, un lado donde dejar ir el pasado te libera para vivir plenamente en el presente. Un lugar en el que me encantaría que viviéramos juntos. Me siento honrado y cuidado."

Le había pedido que escribiera un poema. Ella escribió La cama deshecha. Fue genial y se lo dije. Estaba orgulloso de ella por escribirlo después de decirme una y otra vez que nunca podría escribir un poema y que tenía miedo incluso de intentarlo.

La Cama Deshecha

El Art de la Intimdad

Montones de pliegues satinados

Evidencia indiscutible

Susurrando los secretos

Ya sea imaginado o interpretado

Seductoramente invita a más juego más tarde

Ella respondió a mi correo electrónico: "Tienes razón en lo de estar presente; solo por eso ya es un argumento persuasivo en contra de regresar al pasado. Sólo importa dónde estás ahora. Y aunque el pasado dio lugar a lo que eres ahora, nunca debes detenerte en el, porque en lo que te enfocas se convierte en tu futuro. Y créeme que no quiero repetir nada de aquella época, nunca más. Así que con eso en mente, léelo solo como entretenimiento ☺ Ahora estoy en un muy buen lugar y cada vez es mejor."

Leí el blog al día siguiente, cada palabra. Me derrumbé al final. En unos diez minutos, sentado en mi escritorio, escribí lo siguiente:

Despertar

Mientras miro por la ventana veo hojas volando,

Veo el cielo azul,

Veo el sol brillante y las nubes ondeando.

El Art de la Intimdad

A lo lejos escucho el ladrido de un perro,

Oigo el viento en los árboles,

Oigo pájaros llenos de alondras.

Y veo pasar coches en su camino,

A quien sabe donde,

Debe ser importante, de lo contrario se quedarían.

Pienso en la paz y esperanza de soledad para todos,

Siento pena por aquellos que no pueden encontrarlo,

Siento respeto y amor por quienes respondieron al llamado.

Uno que conozco estaba todo asustado,

Pero ella miró hacia su interior y vio lo que le gustaba.

Y lo que salió es una delicia.

Ella escribió: "¡Eso es un regalo, gracias! :)."

Le encantaba dar las gracias cada vez que le otorgue un regalo. Reflejaba sus impecables modales y educación.

Le envié un correo electrónico: "Fue difícil superarlo. Me

El Art de la Intimdad

derrumbé al redactar el poema."

Ella escribió: "¿Dejalo pasar? ¿Lo superaste? ¡Estás loco! ¡Jajaja!"

Hablamos por teléfono y cuando me preguntó qué pensaba del blog, le dije: "Me quedé impresionado, tú sabías más sobre por qué el matrimonio no estaba funcionando que los profesionales cuya ayuda buscaste. Tendremos que hablar más sobre esto en Montréal." Estaba intentando que ella aceptara un viaje. Poco después de leer el poema y el blog, dijo: hablemos de ir a Montreal. ¡¡Sí!!

Lo que sentí después de leer el blog y escribir "Despertar" vino del corazón. Me sentí más cerca de ella. Quería verla más que nunca. ¡No podía esperar! Y ahora ella quería verme. No era sexual. Era más profundo, más duradero, se estaban levantando unos cimientos.

Por un lado, no tenía derecho a preguntarle sobre su vida sexual; por otro, quería saber por qué no le preocupaban las relaciones sexuales sin protección. ¿Qué pasó? Quería tener cuidado. Ella había dicho que estaba en un buen lugar y yo no quería alterar ese equilibrio. Quizás el sexo sin protección sea la nueva norma. La indiferencia o la falta de preocupación llamaron mi atención. Siempre estuve seguro en ese sentido. Nadie quiere enfermedades.

Me puse a tratar de entender por qué la indiferencia con una

El Art de la Intimdad

búsqueda en línea. Lo que aprendí fue que, de hecho, el sexo sin protección era la nueva norma, pero no con extraños. El truco consistía en averiguar lo suficiente sobre la pareja para tomar una decisión algo informada. Si la persona es heterosexual, no se pasea por ahí, no consume drogas intravenosas, entonces es posible. Pero más te vale ser un buen detector de mentiras. Resulta que yo soy un buen mentiroso y ella no parecía ser una buena detectora de mentiras ni la mejor jueza de carácter.

Lucía se había mostrado renuente a verme como un extraño. Estaba tratando de averiguar si yo era un buen riesgo. Ella había dicho algo en el avión cuando nos conocimos por primera vez que no podía pasar la noche con un desconocido. Mi respuesta fue que estaba casado. Ella había dicho: "Está bien, entonces no eres un extraño." Tal vez pensó que las personas casadas tenían menos riesgo de portar enfermedades.

Su juicio se basó principalmente en los sentimientos y la intuición, no en la lógica y la ciencia, sino en lo que le decía su intuición. Se sentía buena juzgando a las personas. ¡Incluso después de toda una vida eligiendo al Sr. Equivocado! Sólo había que superar la categoría de extraño con ella para evitar tener que ponerse un profiláctico.

Esta mujer es idealista según el indicador de tipo de personalidad de Myer Briggs. Los idealistas son muy intuitivos.

El Art de la Intimdad

Dependen en gran medida de sus intuiciones para guiarse. Más específicamente, ella era Introvertida Intuitiva de Percepción de Sentimientos (INFP) según Myer Briggs. Ella era una idealista introvertida para mi idealismo extrovertido. Según Briggs, éramos una pareja perfecta. Yo era la lógica de su intuición. Yo era la ciencia de sus sentimientos. No siempre la ciencia tiene razón ni la intuición, pero juntos podemos tener algo.

Dormir con una persona que se considera de bajo riesgo puede compararse con comer en un restaurante Chipotle. Por un lado, sirve comida contaminada que enferma gravemente a la gente. Por otro lado, allí come mucha gente. Ahora existe una pastilla del día después y un tratamiento, no una cura, aunque sí un tratamiento caro. Ergo, el riesgo se puede gestionar, del mismo modo que se gestiona según la velocidad a la que se conduce. Tú estás en el asiento del conductor, haz lo que te haga sentir cómodo.

Daba vueltas sobre si preguntar o no si se acostaba con alguien. Mi lado lógico estaba reñido con mi ego. ¿Debería preguntarle sobre las relaciones desde Las Vegas? ¡No podia decidirme!

Frente al fuego de la chimenea de una espaciosa y romantica habitación de hotel, después de una agradable cena y con una copa de champán en la mano, dije: "¿Has tenido relaciones sexuales sin protección con alguien desde Las Vegas?"

El Art de la Intimdad

Ella estaba mirando el fuego cuando se giró con una sonrisa, me miró a los ojos y dijo: "¡Sí!" Me quedé mirando boquiabierto durante un largo momento.

"¿Quién es el chico?" Le pregunté.

"El chico que participó en una Carrera que ayudé arbitrar," respondió.

Ella continuó: "la relación no se basa en el sexo y estuvimos juntos unas cuatro veces antes de tener relaciones sexuales."

El sexo puede ocurrir en la primera cita o no durante un año y aun así no ser la base de una relación. Pero si ella sentía que la relación era no basado en el sexo entonces no lo fue! ¡Simple como eso! ¡El sexo fluye y refluye en las relaciones! Al principio es atractivo y pesado, pero la mayoría de las veces se necesita trabajo para mantenerlo interesante y atractivo a medida que pasa el tiempo. Pero si el sexo es la razón principal del éxito de la relación, entonces alguien se sentirá decepcionado más adelante.

"¿Es él el tipo en cuyo regazo estás sentada en la foto de tu Facebook?" Yo pregunté.

"No estaba sentado en su regazo."

"Lo siento", dije, "así se veía en la foto."

"Yo estaba en ese lado del grupo en la foto porque las esposas de los chicos de la derecha no querían que estuviera cerca de sus maridos."

El Art de la Intimdad

¡Me mordí la lengua! Pensé en una frase de Lo que el viento se llevó que Rhett Butler le dijo a Scarlett O'Hara: "Con suficiente coraje, se puede prescindir de la reputación."

Las mujeres hermosas llaman la atención, la busquen o no. Aunque no tuviera más que una amistad pasajera con muchos hombres, las esposas celosas chismean. Los chicos adulan a las mujeres hermosas, sé lo que soportan y soy sensible a su difícil situación. Una vez fui muy guapo. ¡Las mujeres me adulaban! Aprendí a ver la adulación como lo que era; una debilidad por lo físico, lo superficial. Valoré mi equilibrio, mi ingenio, mi inteligencia, mi amabilidad y busqué comprender. Entonces sé lo que soportan las personas físicamente atractivas. Por esa razón no tuve dificultad para acercarme, hacer amistad y salir con mujeres hermosas. Tener el control en lugar de estar controlado en las relaciones es mejor para la salud y la autoestima.

"En un mundo donde Scarlett O'Hara... capta la atención de todos, ella nunca puede acabar de convencer a Rhett. Mientras otros tropiezan para complacerla, Rhett vive para complacerse a sí mismo." Brad Bollenbach

Nos tumbamos frente a la chimenea el resto de la noche, riendo, bromeando y haciendo el amor. Le dije: "ponte esta camiseta." "¿por qué?" ella preguntó.

"¡Solo póntelo!" "¡Pero es demasiado grande!", protestó suavemente.

El Art de la Intimdad

Se quitó la camisa y vestida en bragas se puso la camiseta, ligeramente rota en el cuello. Yo llevaba ropa interior y una camiseta también ligeramente rota en el cuello.

Le dije: "Está bien, ahora quítame la camisa y hazlo como si fuera el hombre más deseable del mundo y no pudieras controlarte."

Me miró como si hablaras en serio. Sostuve su mirada. Agarró la camisa por el cuello y se la arrancó con determinación. No podia ocultar mi excitación. Las luces estaban bajas y las llamas brillaron en una sala cálida, solo nosotros dos. Intentó besarme. Me aparté.

Agarré su camisa y se la arranqué rápidamente y sin esfuerzo. Ella protestó con leve resistencia al principio, pero rápidamente me permitió que me saliera con la mia al quitarle la camisa y las bragas. Me bajó la ropa interior, buscó mis labios y los encontró. Nos enzarzamos en un humedo abrazo de boca llena y nos fundimos en las almohadas y la manta a un palmo de las llamas envueltos en brazos y piernas, meciéndonos, y luego ella me guió a casa. El juego de la violación fue como lo había esperado. Permanecimos en el lugar entrelazados en mantas hasta que se consumieron todos los troncos y el champán.

Después del desayuno por la mañana nos dirigimos hacia el norte hasta un centro turístico. Pasamos el día recorriendo los senderos tomando fotografías y tomando el cálido sol. No estaba muy platicadora. Estaba pensando en su antigua vida de travesía en estaciones de esquí en Europa.

En la cafeteria del albergue, vídeos de deportes extremos le soltaron la lengua sobre sus aventuras con viajes en helicóptero a las cimas de lugares escarpados y peligrosos. Ella había dicho: "Soy una buena atleta." No dijo que extrañaba esa vida, probablemente porque la vida incluía al marido que la hizo infeliz durante tantos años.

Entonces, lo que debería haber sido una vida de felicidad se vio atenuada por vivir bajo un marido controlador y una degradación mental.

Después de unas horas comenzamos el viaje de dos horas de regreso a Montreal para pasar dos noches más.

Capítulo 12

"Cuando soy bueno, soy muy bueno, pero cuando soy malo, soy mejor." Mae West

Tomamos un taxi hasta la cena con espectáculo en el centro de Montreal después de pasar una tarde relajante explorando las íntimas calles adoquinadas, los callejones y las tiendas del histórico Montreal, donde nos alojábamos en un hotel espacioso y bien equipado. Un viento frío azotaba las calles de un lado a otro.

Le compré a Lucía un montón de jerseys, zapatos abrigados y una parka abrigada. No tenía acceso a su guardarropa de invierno. Su marido no le permitía sacar su ropa de la casa en la que vivía y que era propiedad de ella. Un asunto complicado que fui desenmarañando poco a poco.

El espectáculo de jazz de Benny Goodman fue un gran éxito. La cena excelente y el vino magnífico. El pequeño e íntimo comedor estaba abarrotado. El líder de la banda era un joven que había estudiado a Goodman y tocaba su música como si Benny estuviera en el escenario. Compramos el CD e hicimos cola para que nos lo autografiaran. Tenía muchas ganas de asistir al espectáculo. Me alegré de que el resultado fuera tan bueno como se esperaba.

Después del espectáculo fuimos a un bar de barrio cercano a nuestro hotel. Las camareras eran todas mujeres jóvenes y atractivas, del tipo que esperarías en una pasarela de moda. Todavía era temprano un sábado por la noche en Montreal.

Dije: "Tomemos un taxi y vayamos al centro, a St. Catherine Street."

Ella dijo: "¿Qué es el centro? ¿A dónde van tú y tus amigos cuando vienen aquí?"

Le dije: "normalmente vamos a un partido de béisbol o hockey y a clubes de striptease."

"¿Podemos ir a un club de striptease?", Dijo.

"¡Seguro!" Yo dije.

"¿Quieres un baile erótico también?", dije en broma.

"Sí", dijo ella. "De acuerdo, vamos." Tenía curiosidad y emoción.

Tomamos un taxi y nos dirigimos directamente a los infames clubes de striptease, elegantes tiendas y restaurantes de Montreal. Había frecuentado la ciudad desde que era niño, cuando papá llevaba a toda la familia a comer comida china. El centro de la ciudad estaba lleno de comensales trasnochados, compradores adinerados, algunos vagabundos y parejas que paseaban. El viento había abandonado la ciudad y la noche estaba clara bajo las fachadas de las tiendas brillantemente iluminadas.

El club estaba en el segundo piso. Es un club totalmente

El Art de la Intimdad

nudista que no cobra los precios de los clubes de striptease de Nueva York por los bailes eróticos. Después de pagar un modesto recargo, un tipo fornido y calvo con un traje negro barato que no le quedaba bien y zapatos sin lustrar nos acompañó a una mesa cerca del escenario. Una camarera bajita, linda y sensata llegó rápidamente, sonrió y cortésmente tomó la house-red order.

La bailarina de escenario estaba trabajando en la barra con sus últimas prendas de vestir, zapatos de plataforma de 6 pulgadas y una pequeña tanga rosa mientras mirábamos y comentamos su apariencia y sus prominentes cualidades. Era temprano, así que no había nadie en los pequeños asientos situados frente al escenario circular elevado. La bailarina parecía seguir su rutina hasta que llegó el público borracho y lujurioso y empezó a meter billetes en lugares cercanos a sus partes íntimas.

Muchas bailarinas de clubes de striptease son estudiantes universitarias que ganan dinero para la universidad. Puedes distinguir a las bailarinas que llevan mucho tiempo ahí. Rondan la treintena y, tras un par de novios y matrimonios fallidos mantienen a uno o dos niños. Las prefiero a los fríos universitarios de "no me importa una mierda". Las personas mayores tienen suficiente experiencia de vida para saber que se agregará un poco de "amor" a los bailes eróticos.

Luego están los bailarines homosexuales y bisexuales. La

mayoría de los bailarines son personas bisexuales. Cuando te dicen que no toques esto o aquello, lo dicen en serio y se enojan si tus manos se acercan demasiado, sin mencionar la sensación de que realmente no les gustas. Llevaré un bailarina a las habitaciones traseras para un baile erótico si nos llevamos bien en la mesa. Con esto quiero decir que se ríe de mis chistes estúpidos y no tiene ninguna prisa evidente por conseguir mi dinero. Para eso tienes que llegar temprano. Después de la medianoche, todo es ajetreo, ajetreo por el dinero de aquí está el dinero de mi alquiler jóvenes drogados, de los casados que ya no lo consiguen en casa y otros perdedores variados y solteros ocasionales.

"¿Ves a alguien con quien darías una vuelta?"

"Sí", dijo, asintiendo con la cabeza en dirección a una mujer alta, delgada, de cabello oscuro, extremadamente atractiva, de veintitantos años, con senos pequeños, un pequeño trasero perfecto y poca ropa que desfilaba para un receptor. Capté su mirada y se deslizó a nuestra mesa.

Se sentó casi recatadamente y se presentó: "Hola, mi nombre es Yvette, ¿de dónde son?"

Le dije: "hola Yvette, soy Carlos y ella es mi amiga Lucía."

Se dieron la mano e intercambiaron sonrisas tímidas. Evité presentar a Lucía como algo más que una amiga para transmitir que era un blanco fácil. Si la hubiera presentado como algo más que una amiga, estaría enviando una señal de que estaba fuera de los límites y posiblemente inhibiendo el libre flujo de sentimientos.

"Lucía es de las Bahamas y yo soy de Boston." "¿De dónde eres, Yvette?"

"Un pequeño pueblo cerca de Montreal, ¿qué les trae por aquí?"

"La buena comida, los museos y tú", bromeé.

Ella se sonrojó y se rió. Hablamos animadamente con Yvette sobre cuánto tiempo estuvimos de visita, cuánto tiempo había trabajado en el club, sus objetivos y aspiraciones: terminar la escuela para obtener su título de ingeniería en la Universidad Simon Fraser. ¡Tal vez tal vez no! Todo son juegos previos para un baile erótico, y esta sirena cerebral no iba a esperar demasiado antes de preguntarnos si queríamos un baile erótico.

Efectivamente, diez minutos después de las preliminares, ella dijo mirándome: "¿Quieres un baile erótico?" Hasta aquí lo de conocer a alguien a un nivel personal profundo.

Le dije "no, pero Lucía sí, ¿te gustaría bailar con ella?"

Yvette sonrió encantada y exclamó: sí, me gustaría."

Ella me preguntó: "¿Quieres mirar?"

"¡Absolutamente!"

El Art de la Intimdad

Antes de levantarse de la mesa, Yvette comenzó una explicación sin aliento sobre la política de baile erótico de la casa y el costo de llegar desde nuestra mesa a las habitaciones traseras. Su inglés no estaba nada mal para ser una canadiense francés. La tarifa del baile erótico sería el doble ya que yo estaría mirando. No hay problema, procedamos. Mientras caminábamos desde nuestra mesa hasta una habitación trasera lo suficientemente grande como para dos asientos e Yvette, tuvimos que detenernos y pagar otro recargo.

Después de reorganizar los asientos, Yvette volvió a instruir a Lucía sobre qué partes del cuerpo estaban prohibidas. Un lugar no se podía tocar, como probablemente puedas adivinar. Yvette quería comenzar sus giros en medio de una canción hasta que le dije: "Yvette, esperemos a que comience la siguiente pieza."

Ella dijo cortésmente: "Está bien, podemos esperar a que comience la siguiente canción."

Lucía e Yvette bromearon durante unos minutos hasta el siguiente clásico, Minute Waltz de Frederic Chopin. Más bien, la Anaconda de Nicki Minaj sonó a todo volumen desde el sistema de altavoces, lo que ocasionó que la ágil silueta de Yvette comenzara a girar cada vez más cerca de Lucía. A Lucía se le indicó que permaneciera sentada, pero que podía levantarse o inclinarse hacia atrás. Arqueó la espalda y acarició a Yvette. Movió sus manos lentamente al principio tocando los brazos, piernas y caderas de la seductora.

El Art de la Intimdad

Yvette le dio la espalda, se inclinó para tocar la pared opuesta, su trasero redondo a unos tres centímetros de la sonrisa de Lucía, y más cerca mientras Lucía besaba cada cheque con ternura antes de que Yvette se alejara.

Lucía extendió la mano y tomó cada trasero mientras Yvette se enderezaba y giraba. Yvette se inclinó sobre ella con las manos sobre los hombros de Lucía, empujó su pecho ahora desnudo hacia adelante mientras Lucía acariciaba suavemente uno y luego el otro con la lengua. Yo no podia apartar los ojos de Lucía porque parecía estar en otro mundo. Un mundo que ahora compartía voluntariamente conmigo. Me preguntaba hasta qué profundidad llegaba este mundo. La canción terminó demasiado rápido.

Ambas estaban sin aliento y sonriendo.

Yvette dijo: "¿Te gustaría otro baile?" Lucía me miró como diciendo "¿podemos?"

Estaban recién calentando, por supuesto que quería ver otro baile. El siguiente baile fue aún más caliente con Lucía arqueando su espalda nuevamente e Yvette acercándose con mucho más contacto cuerpo a cuerpo esta vez.

La canción terminó con Yvette agarrando los pechos de Lucía y exclamando con una enorme sonrisa: "eres Hermosa." Lucía no estaba hablando de la mente de Yvette.

El Art de la Intimdad

Después de decir no a un tercer baile. Yvette dijo: "¿Dónde vives exactamente?"

Cuando Lucía se lo contó se emocionó y dijo: "ahí es donde planeo ir a bailar."

Lucía dijo: "¿Has estado allí?"

Ella dijo: "no, pero he oído que es un gran lugar para trabajar."

Lucía dijo, "bueno cuando vengas llámame, aquí está mi número de teléfono y mi dirección de correo electrónico."

¡Una relación en ciernes! ¡Dulce! ¡Las relaciones comienzan con la atracción sexual! Quizás esta pequeña damisela estaba buscando novia. Probablemente se sentía atraída por las mujeres maduras. Ciertamente Lucía se sentía atraída por ella.

De vuelta en el bar, dije: "¿Qué te parece Yvette?"

Su animada respuesta: "Me gustó, era Buena." ¿Era esa la voz de la experiencia del baile erótico?

Nos sentamos un rato bajo la luz y observamos la acción a nuestro alrededor. Al notar que los ojos de Lucía vagaban y asentía con la cabeza hacia algo sobre mi hombro, me volví para ver a una impresionante, alta y delgada mujer de veintitantos años, larga y rubia, incluso más atractiva que Yvette, si eso era posible. Ella nos estaba mirando.

El Art de la Intimdad

Incliné la cabeza hacia la mujer para que viniera aquí. Ella se acercó, se presentó y, después de enterarse de nuestros nombres, preguntó: ¿De dónde eres?

Sin mucho más preámbulo, nos trasladamos nuevamente a una pequeña habitación oscura en la parte de atrás después de pagar la cobertura requerida al Sr. Personalidad.

Esta mujer cuyo nombre no recuerdo, le regaló a Lucía un espectacular par de lap dance. Lucía apenas pudo contener su emoción, lo que impulsó el deseo de la bailarina de complacer y ganarse su salario, por supuesto. Dudo haber visto alguna vez a una bailarina de club de striptease más atractiva.

Las manos de Lucía recorrían con abandono cada parte, excepto una, de su hermosa anatomía.

Después del baile, Lucía regresó flotando a la mesa. Le dije: "estabas en ella."

Interesado en saber más sobre este lado de ella, le pregunté si alguna vez había tenido alguna relación seria con mujeres y rápidamente me preguntó: "¿Podemos simplemente disfrutar el momento?"

Capté la indirecta. Este no era el momento ni el lugar para ahondar en la otra Lucía, sin mencionar que no era asunto mío. Si quisiera que supiera más, me lo diría. Estaba contento de disfrutar del resplandor de su cálido sentimiento. Si llevarla a un club de striptease la hacía feliz, a mí también me convertía en un cachorrito feliz. La vida no se trata de otra cosa que de ser feliz. Así que haz lo que sea que te dé ese sentimiento.

Terminamos nuestras bebidas y regresamos al hotel, con la esperanza de continuar el momento agitado por los dos bailes de clubes de striptease más sexys de Montreal. La llevé a la oscura sala de estar del hotel, le quité la ropa con cuidado y la senté en una silla ancha y acolchada. "Ahora quédate sentado", le ordené.

Ella dijo: "¿Qué vas a hacer con eso?" Sin responder le puse la corbata sobre los ojos y se la até detrás de la cabeza.

Para continuar con el espíritu de las noches anteriores, había preparado una corbata.

"¿Puedes ver algo?"

"¡No!" Me quité la ropa lo más lentamente que pude, lo que probablemente era tan rápido como mi respiración.

Completamente desnuda, me puse a su alcance y le dije: "Está bien, encuéntrame."

Me volví de espaldas a ella y había estado justo dentro de su alcance, y cuando ella lo alcanzó, di un paso para que pudiera tocarme. Encontró mis muslos y llevó sus manos hasta mis nalgas. Me flexioné y con sus manos todavía sobre mí me giré. Su boca estaba al mismo nivel que mi dureza. Ella me tomó plena y febrilmente, meciendo y tragando, lamiendo y acariciando con todas sus fuerzas. Me eché hacia atrás, la empujé contra el respaldo de la silla, puse mis brazos alrededor de sus piernas y debajo de sus hombros.

La levanté de la silla y la llevé al dormitorio. La acosté suavemente, besé sus muslos internos, luego sus bordes, y con poco control lamí sus puntos húmedos más privados, su espalda arqueada, gimiendo de hambre, lamí más profundamente, mientras mis dedos acariciaban sus pezones erectos. Me detuve, floté y empujé su humedad una pulgada a la vez, luego más profundamente, más fuerte, una y otra vez hasta que ambos vimos cohetes despegando hacia el cielo nocturno. Nos quedamos respirando pesadamente, mojados, exhaustos y quietos. Nos metimos bajo las sábanas y nos quedamos dormidos.

Qué mejor juego previo que uno o dos bailes eróticos para poner de humor a tu cita. Pensé en gracias por abrirte y compartir un lado tuyo que no conocía.

Capítulo 13

"Lo más atractivo que una mujer puede tener es confianza." Beyoncé

Pasamos la última mañana y tarde en Montreal la pasamos desayunando a lo grande, visitando las acogedoras tiendas que bordean las estrechas calles, hablando con los dueños de las tiendas locales, almorzando sopa de cebolla francesa en un estrecho restaurante y haciéndonos selfies. Mientras aparcaba delante de una tienda de curiosidades, fumando un pequeño puros le pregunté casualmente: "¿Alguna vez has estado con otra mujer?"

"Sí, ¿alguna vez has estado con otro hombre?"

"No, dije, nunca he tenido ni tengo ningún deseo de estar con otro hombre."

"¿Crees que soy bisexual?", Preguntó.

"No necesariamente, la palabra tiene muchas connotaciones y la que me viene a la mente es tener sexo y desear tanto a hombres como a mujeres más o menos por igual."

"No creo que sea bisexual", continuó.

"¿Porque eso?"

"Por qué nunca me he enamorado de una mujer, siempre me enamoro de los hombres."

El Art de la Intimdad

Persona bisexual significa atracción sexual tanto por hombres como por mujeres. Algunos consideran sexy ser bisexual y sentir atracción física, romántica y sexual hacia ambos sexos. Es estrictamente una atracción para ambos. Lucía se sintió atraída por ambos. Si se siente atraída por las mujeres pero nunca se ha enamorado de una mujer, probablemente sea porque no ha conocido a la adecuada, y probablemente se deba a que no busca ni se rodea de mujeres con ideas afines como lo hace con los hombres. Quizás encuentre a la mujer adecuada.

Estaba relajada con las bailarinas. Está nerviosa y tímida con los hombres que la atraen. Esa diferencia en la reacción hacia los adultos es la baja autoestima; pensando que no logrará atraer a un hombre deseable, lo que la hace temerosa. El miedo al fracaso nos pone ansiosos y nos hace actuar fuera de nuestro yo seguro de sí mismo. Ella no lo haría esperar ni un minuto, respondería inmediatamente mensajes de texto y llamadas telefónicas, mantendría un contacto constante, abandonaría a amigos y familiares, perdería el sueño, dejaría de comer, se preocuparía por las cosas que le dijeran. Ella no tenía miedo de perderme porque estaba casado. Ese hecho la había tranquilizado porque no iba a perseguir a alguien que no estaba bien, sin importar cómo se sintiera ella.

Se sentía atraída por mí como por las mujeres, principalmente por lo físico. Cuando persigue más que eso, vuelve a ser tímida e insegura. Ella está "segura" siempre y cuando sólo se entregue a sus atracciones sexuales. Hasta que no lo persiga con confianza y un intenso sentido de sí misma, su vida amorosa será poco satisfactoria. Menos porque estará con alguien que fue perseguido por la débil y aduladora Lucía, alguien también como ella.

Pero ella también necesita que la vean. Estamos con personas toda nuestra vida que apenas nos conocen. No pueden ver nuestro verdadero nosotros. ¿Y qué pasa si la tímida y vulnerable Lucía encuentra y atrae al hombre adecuado? Él ve a una persona tímida y vulnerable y probablemente también lo sea. Si no, ¿por qué se sentiría atraído por alguien con estos rasgos de personalidad predominantes? Así una vez que el lápiz labial esta fuera de la relación, el hombre descubre que está enamorado y más allá todavía de una coqueta atractiva y extremadamente inteligente, que también se siente atraída por las mujeres y que necesita desafíos constantes, estimulación y deseo de aventuras y emoción. Como idealista, también es más feliz en relaciones que siempre tienen algo nuevo e intrigante, al tiempo que reprimen una necesidad profunda.

El arte de la seducción de Greene habla sobre el amor sáfico. Liane de Pougy y Renée Vivien sufrieron una represión similar. "Estaban ensimismados, hiperconscientes de sí mismos. La fuente de este hábito en Liane era la constante atención de los hombres a su cuerpo. Nunca podía escapar de sus miradas, que la atormentaban con una sensación de pesadez. Renée, mientras tanto, pensaba demasiado en sus propios problemas: la represión de su lesbianismo, su mortalidad. Se sentía consumida por el odio a sí misma.

Natalie Barney, por otra parte, estaba alegre, desenfadada y absorta en el mundo que la rodeaba. Sus seducciones (que al final de su vida se contaban por centenares) tenían todas una cualidad similar: Llevaba a la víctima fuera de sí misma, dirigiendo su atención hacia la belleza, la poesía y la inocencia del amor sáfico. Invitaba a sus mujeres a participar en una especie de culto en el que adorarían estas sublimidades. Para intencificar el sentimiento de culto, las involucró en pequeños rituales: se llamaban unos a otros por nuevos nombres, se enviaban poemas en telegramas diarios, se disfrazaban y hacían peregrinaciones a lugares sagrados.

Inevitablemente sucederían dos cosas: las mujeres comenzarían a dirigir algunos de los sentimientos de adoración que estaban experimentando hacia Natalie, quien parecía tan elevada y hermosa como las cosas que sostenía para ser adoradas; y, gratamente desviados hacia este reino espiritualizado, también perderían cualquier pesadez que hubieran sentido sobre sus cuerpos, sobre sí mismos, sobre sus identidades. La represión de su sexualidad desaparecería. Cuando Natalie las besara o acariciara, se sentiría como algo inocente, puro, como si hubieran regresado al Jardín del Edén antes de la caída.

Una vez que se revela esta otra Lucía, el chico entrará en

pánico y la relación se degradará a la de su ex marido y sus ex novios. Se trata de relaciones de control, miedo a perder, incomprensiones y celos. O una relación que ya no se basa en la confianza y la comprensión. Muchas relaciones son víctimas de este escenario. Para evitar tal situación, necesitará abrirse gradualmente a su pareja elegida con sentimientos personales, aunque esto pueda llevar meses o años. Abrirse pone a uno en riesgo de ser herido como con sus novios anteriores, pero toda relación es riesgosa.

Ella tendrá que tomar la iniciativa, sobre todo si su pareja no tiene la capacidad mental para verlo sin que le sea explicado. De lo contrario, vivirá con alguien que no conoce a la verdadera Lucía y sus inherentes sentimientos de insatisfacción. Su tipo de personalidad la impulsa a satisfacer a sus parejas y hacerles sentir contentos.

Le pedí que identificara las características dominantes de su personalidad de una lista de dieciocho del Arte de la Seducción de Green, que incluían: The Pampered Royal (una niña mimada), A Prude (preocupaciones por los comportamientos aceptados por la sociedad), Crushed Star (no recibir suficiente atención), The Novice (no recibe suficiente atención). fatalmente curioso e inocente, Conquistador – ama el poder, Fetichista exótico – se aborrecen, Reina del Drama – necesitan drama, Sensualistas – sentidos hiperactivos, Profesor – analiza y critica todo, Belleza – obtiene poder al atraer la atención, Género Flotante – confusión de género,

El Art de la Intimdad

Libertino Reformado o Siren, pasados seductores despreocupados, una mujer Roué, seductora consumada.

"Carlos, Como sabes, no me gusta perder el tiempo analizándome.

No me sirve de nada y como no suelo hacer las cosas de la misma manera durante mucho tiempo, no tiene sentido. Odiaría que me pusieran en una caja etiquetada que no encaja del todo, pero examinaré la lista. Probablemente volverás a dispararme en llamas porque me equivoque."

"Jaja, no te derribaré. Cualquier cosa que elijas no está mal. Sólo tu instinto basado en lo que percibes. No estarás en una caja porque es una pequeña parte de tu yo más grande."

"Está bien, para no dejarte sin información sobre la construcción del personaje. El Roué tiene, con diferencia, la mayor cantidad de características con las que puedo identificarme. En segundo lugar, la sirena. Hay algunos otros que vale la pena mencionar, muy pocos escondidos dentro de algunos de los demás. Sin embargo, al final de la lista, y si no sabes con cuál de las características resueno, puede que te engañe incluso enumerarlas. Entonces, en orden de mayor a menor similitud, son Roué, Sirena Reformada, Sensualista, Género Flotante y Belleza."

Entonces, ¿qué es exactamente un Roué? Un seductor consumado. Según Greene, estos tipos han vivido una buena vida y

El Art de la Intimdad

experimentado muchos placeres. Probablemente tengan, o alguna vez hayan tenido, una buena cantidad de dinero para financiar sus vidas hedonistas. Por fuera tienden a parecer cínicos y hastiados, pero su mundanalidad a menudo esconde un romanticismo que han luchado por reprimir. Los roués son Seductores consumados, pero hay un tipo que puede seducirlos fácilmente. Esos son los jóvenes y los inocentes.

A medida que crecen, añoran la juventud perdida. Al extrañar su inocencia perdida hace mucho tiempo, comienzan a codiciarla en los demás. Si quieres seducirlos, probablemente tendrás que ser algo joven y haber conservado al menos la apariencia de inocencia. Es fácil exagerar esto. Haz una demostración de la poca experiencia que tienes en el mundo, de cómo todavía ves las cosas cuando eras niño. También es bueno parecer que se resiste a sus avances. Los Roués incluso parecerá que no les gustan o que desconfían de ellos, lo que realmente les estimulará. Al ser tú quien resiste, controlas la dinámica. Y como tienes la juventud que a ellos les falta, puedes mantener la ventaja y enamorarlos profundamente. A menudo serán susceptibles a tal caída porque han reprimido sus propias tendencias románticas durante tanto tiempo que, cuando estallan, pierden el control. Nunca te rindas demasiado pronto y nunca bajes la guardia.

Según Greene: "Envejecer es renunciar o comprometer los ideales de la juventud, volverse menos espontáneo, menos vivo en cierto modo. Este conocimiento permanece latente en todos nosotros. Como seductor debes sacarlo a la superficie, dejar claro hasta qué punto la gente se ha desviado de sus objetivos e ideales pasados. Tú, a tu vez, te presentas como representante de ese ideal, como ofreciendo una oportunidad de recuperar la juventud perdida a través de la aventura, a través de la seducción."

En el libro de Greene: En sus últimos años, la reina Isabel I de Inglaterra era conocida como una gobernante bastante severa y exigente. Se propuso no permitir que sus cortesanos vieran nada suave o débil en ella. Pero entonces llegó a la corte Robert Devereux, el segundo conde de Essex. Mucho más joven que la reina, el apuesto Essex a menudo la reprendía por su acidez. La reina lo perdonaría: era tan exuberante y espontáneo que no podía controlarse. Pero sus comentarios la irritaron; en presencia de Essex, llegó a recordar todos los ideales juveniles (energía, encanto femenino) que desde entonces habían desaparecido de su vida. También sentía que un poco de ese espíritu juvenil regresaba cuando estaba cerca de él. Rápidamente se convirtió en su favorito y pronto ella se enamoró de él. La vejez es constantemente seducida por la juventud, pero primero los jóvenes deben dejar claro qué les falta a los mayores, cómo han perdido sus ideales. Sólo entonces sentirán que la presencia de los jóvenes les permitirá recuperar esa chispa, el espíritu rebelde que la edad y la sociedad han conspirado para reprimir."

El Art de la Intimdad

En resumen, Lucía fuer la ganadora envejecida de un concurso de belleza que sentía pánico por su belleza menguante y su juventud perdida. Cambiar el estado de ánimo es fácil en comparación con detener el proceso de envejecimiento. Se dirigía a una vida de vacío si se veía a sí misma como una Roué. La belleza viene de adentro. Uno puede saber instantáneamente cómo se siente alguien consigo mismo, al menos yo puedo. Se nota si no creen que son hermosos por dentro. También muestra si piensan que sólo son hermosos por fuera. Los jóvenes e inocentes que una persona atrae para satisfacer la necesidad de un Roué de recuperar la juventud perdida no podrán discernir que han sido seducidos por un Roué y, al final, ambos quedarán insatisfechos, poco tiempo después de que comenzara la seducción... Luego ambos pasan al otro y el ciclo se repite.

Pero ella era mucho más complicada que la Roué que ella misma se consideba. Ella había dicho: "tal vez había algún otro yo oculto que había olvidado o enterrado." ¡No fue enterrado! Estaba justo frente a ella. Era su lado sofisticado, inteligente, creativo, aventurero, amoroso, afectuoso y cariñoso, sin mencionar las tendencias flotantes de género. Un género flotante es alguien de quien Greene dice que se mantenga alejado, por cierto.

Lucía no reconocerá plenamente un yo espiritual y creativo más amplio, un yo que había sido derrotado toda su vida por sus hermanos en su juventud y sus dos maridos. Ahora, en la mediana edad, no es de extrañar que sienta pánico. Nunca se había permitido los placeres del amor propio porque siempre intentaba complacer a los hombres de su vida y hacerlos sentir jóvenes, viriles y vitales. Ella siente que su belleza fue desperdiciada por dos maridos perdedores que se gloriaban en abastecer sus egos inflados con "una esposa trofeo."

Marilyn Monroe, la sirena consumada, nunca fue comprendida por los hombres de su vida, aunque todos la amaban profundamente y, en consecuencia, murió sola. ¿Lucía sufrirá la misma suerte que Marilyn? ¡Posiblemente! Sólo cuando es vieja y físicamente poco atractiva para los jóvenes, hermosa e inocente, piensa que así lo desea y sólo quien puede hacerla feliz habrá fallado en comprender algo de sí misma en el camino.

"¿Qué característica de personalidad me describe mejor?", pregunté.

"No tengo idea de dónde te clasificas", había dicho.

"Está bien, elegiré uno para ti y luego me enviarás el que tú mismo describas, como lo hice yo." No me sorprendió que no conociera mi tipo de personalidad. Era una mala jueza de los hombres.

"¿Cuál es el que elegiste para mí?" preguntó, "puede haber sido uno aplicable de mi pasado."

El Art de la Intimdad

Elegí Pampered Royal como su característica dominante. Se basó en su primera infancia, creciendo en una familia blanca de profesionales de clase media alta que le dieron lecciones de equitación y un caballo a una edad temprana, y la enviaron a las mejores escuelas. Pero no estaba seguro de mi intuición. Antes pregunté: "¿Te mimaron cuando eras niña?"

"No, en absoluto."

Sin dejar lugar a dudas de que lo era, o tal vez no creía que lo fuera, pocos admitirán haber sido mimados. Me mimaron con amor, no con cosas materiales. ¿Estaba mimado? Sí, en cierto modo lo estaba. Mis padres me mimaron con amor. ¿La habían mimado con amor? Difícil de decir. Creo que no exteriormente, pero ciertamente lo era, sí.

Los hombres le hicieron saber que era hermosa y, en cierto nivel, comenzó a confiar en la aprobación como base de su autoestima. Más artista y espiritualista que ingeniera, probablemente no se sentía a la altura de las expectativas de su padre y sus hermanos. Aunque trató de cumplir con esas expectativas al no completar un programa de grado en ingeniería, su autoestima sufrió, pero se vio reforzada por su respaldo: la belleza.

Quería desesperadamente estar a la altura de los hombres de su vida, su padre y sus hermanos, pero se quedó corta en su forma de pensar, destruyendo su autoestima, exacerbada por conocer, casarse y ahora salir con los hombres equivocados. Como una sirena envejecida, persigue lo que intentó crear en lugar de simplemente aceptar quién es: una persona amable, amorosa, dulce, afectuosa y espiritual que puede envejecer con gracia y aplomo.

Cuando digo espiritual, Lucía era mayoritariamente espiritual en un mundo basado en el ego y lo sabía. Su espiritualidad fue la razón por la que pudo dejar a su marido. Mantiene su calma y evita que el dolor de una relación a largo plazo rota destruya sus momentos presentes. Había recurrido a las enseñanzas de los gurús espirituales y había aprendido que el ego incontrolado de su último marido había destruido el matrimonio y no por nada de lo que ella había hecho. Fue difícil para ella darse cuenta de que él se negaba a aceptar sus defectos y aceptarla como la amorosa y leal esposa que había prometido ser. Su enfermedad no sucumbiría al asesoramiento profesional ni a ningún tipo de ayuda, por lo que, en lugar de admitir su defecto, viven separados.

Ella estaba herida y deseaba su muerte. Ella había dicho, "después de hablar con él durante tres horas sobre sus recientes ataques cardíacos, su muerte y de rogarme para que volviera, le dije, tal vez sería mejor que estuvieras muerto."

Mientras siga deseándole malas intenciones, seguirá amándolo. Se necesita mucho amor para odiar a alguien a quien amas y desearle la muerte; de lo contrario, simplemente no te importaría: ausencia de amor.

Le dije, "en el fondo todavía lo amas, lo único que él quiere es escucharte decir te amo, ¿por qué no simplemente decirlo? Sabes que todavía te ama profundamente." Ninguna respuesta.

Ella nunca había expresado lo que sentía por mí. Ella nunca dijo, me gustas Carlos. Expresar sus sentimientos no era algo que pudiera lograr. Estaba herida y desilusionada. Su espiritualidad le permitió superar un matrimonio difícil, pero no se había convertido en parte de quién era. Su miedo a ser herida nuevamente la gobierna. La linda y mimada niña todavía estaba en el trabajo tratando de ser grande ante los ojos de su padre y sus hermanos.

Un posible efecto secundario del dolor es su incapacidad para liberarse o llegar al orgasmo por completo. Queriendo asegurarme de que estaba haciendo lo que ella necesitaba Fue una experiencia satisfactoria, ella dirigió mis acciones y, sin estar seguro del resultado, le preguntaría si se sentía liberada.

Ella había dicho: "Tengo varios pequeños." Y eso fue después de largos períodos de estimulación dirigida. Me preguntaba hasta qué punto la capacidad de una mujer para experimentar una liberación desinhibida tenía que ver con el lado mental versus el físico. En ausencia de medicamentos inhibidores y otras indicaciones, la literatura parece señalar a los inhibidores mentales como la causa principal de la incapacidad de liberación.

El Art de la Intimdad

Hay razones por las que una mujer puede no poder liberarse. Aceptar el amor puede llevarte a sentirte vulnerable. Disfrutar de encuentros sexuales casuales es una cosa, pero cuando una relación se vuelve significativa, ser amado puede amenazar con alterar la estabilidad. Ser abierto puede provocar daño emocional. El sexo con amor conduce a una sensación de vulnerabilidad y produce ansiedad. Muchos tienen miedo de comprometerse con una persona importante, especialmente si han sido lastimados, como le ha sucedido Lucía en varias ocasiones y durante períodos prolongados.

Capítulo 14

"Puede que los padres no sean perfectos, pero te amarán más que nadie." Desconocido

Llamaron a la puerta de mi habitación de hotel justo antes de las 7:00 p.m. "¿Quién es?" "Lucía tonto, déjame entrar."

Abrí la puerta y allí estaba una chica fría y feliz que llevaba la parka liviana que le había regalado en Montreal y varias capas de suéteres de cuello alto y pantalones negros que le sentaban perfectamente.

Ella tomó un sorbo de agua mientras yo ponía su equipaje en el portaequipajes de metal. Subí la calefacción a unos 80 grados porque sabía que necesitaría calentarse ya que la ciudad de Nueva York estaba experimentando una ola de frío brutal. Apreció la calidez después de esperar en el frío el servicio de transporte del hotel.

"¿Por qué no tomaste un taxi?" Ella no ofreció una razón. Sospeché que ella no quería gastar el dinero. Ella no era del tipo que gasta imprudentemente.

Estaba de camino a Europa para visitar a su anciano padre y a su amada hermana mayor. Su vuelo debía continuar a media mañana del día siguiente, así que no teníamos mucho tiempo.

Quería comer en un restaurante donde una amiga era

anfitriona, a unos cuarenta y cinco minutos en taxi de Manhattan. Realmente no quería ir a Manhattan en una noche tan helada, pero lo haría si ella quisiera. Me sentí aliviado cuando ella estuvo de acuerdo en que era mejor quedarse cerca.

"¿Qué restaurantes hay cerca?"

Le dije: "podemos tomar un taxi de quince minutos hasta un centro comercial, un vecindario o caminar hasta el restaurante de un hotel a unos cinco minutos a pie."

Ella dijo: "Caminemos al lado, podemos fumar en el camino." "¡Buena idea!"

Antes de esta cita, permanecieron conectados casi a diario. Quería fotografías de la naturaleza y temas interesantes para distraerla de los efectos de la intoxicación alimentaria. Envié flores y audiolibros. Quería estar allí para ayudarla a afrontar la situación, pero insistí en que no podía hacer nada más. Había pocas curas. Sólo tenía que esperar a que el veneno pasara por su sistema. El alcohol y ciertos alimentos exacerbaron los síntomas.

Así que me aseguré de encontrar buena hierba para llevar. Fumo quizás uno o dos porros al año. Pero sería divertido compartir un porro con ella, especialmente si le ayudara con sus síntomas, sin mencionar que cualquier sexo que tuviéramos bajo la influencia podría mejorar. No es que lo necesitara para mejorar el sexo con ella porque no lo necesitaba. El sexo con ella fue genial sin productos químicos. Sin embargo, sería divertido ver cómo le afectaba.

Envuelto en cabezas parlantes en un canal de televisión conservador analizando política y otros temas del día, no me di cuenta de que Lucía sacaba algo de su maleta.

"Aquí tienes un regalo." Dijo, ofreciéndole un pequeño objeto envuelto.

Miré hacia abajo y vi que me había traído algo. Anteriormente mencioné que me encantaría tener una de sus creaciones. Solo los había visto en el folleto que llevaba consigo en el avión donde nos conocimos y en su página de Facebook. ¡Me derretí!

Una gran sonrisa se amplió cuando lo dejé, la abracé y le agradecí por un regalo tan maravilloso y considerado. Después de todo lo que había sucedido en los últimos días, ella todavía pensaba lo suficiente en mí como para mostrarse amable. Me sentí honrado.

Su cumpleaños acababa de pasar. Hasta ahora no tenía nada mío para su cumpleaños. Le entregué una pequeña caja negra del tamaño de un anillo. Lo abrió y estaba encantada de tener finalmente su piedra de nacimiento.

Le puse el pequeño granate de ópalo engarzado en un collar de oro alrededor de su cuello y ella dijo: "Es pequeño y delicado, ¿cómo supiste que me gustan las cosas delicadas?"

El Art de la Intimdad

"Eres delicada", le dije, "y fuerte al mismo tiempo."

Quería que nuestro breve tiempo juntos en Nueva York fuera nada más que relajado y presente. La había presionado en las últimas semanas y ella reaccionó alejándome y casi cancelando esta reunión. Quería empezar de nuevo. Quería actuar como si esta fuera la primera cita. Mucho contacto visual podría hacerla sentir presionada y quería tomarlo con calma. Y, como resultado, esperaba que ella viniera a mí. La gente no viene a ti si la persigues. Había estado persiguiendo mucho más allá de lo prudente. Está bien perseguir al comienzo de una relación.

¡Iba a ser un nuevo comienzo! Nos pusimos los abrigos y estábamos a punto de irnos al restaurante cuando ella giró mi barbilla hacia ella y dijo: "¿Por qué no me miras?"

"Oh, ahí estás", dije mientras sonreía y la miraba a los ojos, sin más explicaciones. Ella había venido a mí. Estábamos empezando de nuevo y ahora sería lento y sin presiones.

Me recordé una vez más, si amas a alguien, déjalo libre, si regresa, te ama, si no, nunca lo hizo. La dejaría libre finalmente.

Caminamos en la noche helada y oscura hasta el restaurante y fumamos un porro en el camino. El restaurante estaba muy iluminado, pero la comida contradecía la falta de un ambiente íntimo. Eligió una mesa cerca de la zona del bar y se sentó de espaldas a la pared.

El Art de la Intimdad

La joven y tímida camarera inexperta tomó nuestra orden de bebida de California Black Oak Cabernet Sauvignon. Regresó un momento después para preguntar qué Black Oak habíamos pedido ya que había cuatro en el menú. Había olvidado cuál pedimos. ¡Ningún problema! Todos nos reímos después de que le dije en broma que había hecho enojar a Lucía porque todavía no tenía su vino.

Ella preguntó: "¿Estás listo para ordenar?"

"¿Puedes darnos unos minutos más?"

Su actitud fue recatada cuando dijo: "¡Está bien!"

Brindamos "¡Salud!" y sorbió el néctar rojo. Black Oak Cabernet Sauvignon puede describirse como de color rubí oscuro, un rico olor a ciruela y un cuerpo suave.

"Es bueno", dijo.

"¿Qué vas a pedir?" "Pollo Marsala", dije.

"¿Qué es?", preguntó.

"El pollo Marsala es un plato italoamericano de chuletas de pollo fritas y champiñones en vino Marsala. Data del siglo XIX y se produce en Sicilia. La salsa Marsala se elabora reduciendo el vino Marsala a la consistencia de almíbar y luego se vierte sobre pollo o ternera. La ternera es mi favorita, pero no suele estar disponible."

Vio el pollo Piccata justo debajo del pollo Marsala y

preguntó qué era. Le dije: "¿Es un plato clásico italiano hecho con limón, mantequilla y alcaparras?"

"Me encantan las alcaparras y el limón", exclamó.

Nuestro camarero ecuatoriana vino con nuestro vino y volvió a preguntar si estábamos listos para ordenar. ¡Lo estamos! Le dije: "Yo comeré pollo Marsala y mi esposa comerá pollo Piccata." El camarero se preguntaba sobre nuestro status, así que mentí diciendo que habíamos estado casados durante veinte años.

Ella sonrió alegremente y dijo: "Me di cuenta de que estaban casados."

Lucía sonrió rápidamente desviando la mirada pero no dijo nada.

Teniamos hambre. Afortunadamente nuestro pedido no tomó mucho tiempo. A ella le sirvieron el Marsala y a mí la Piccata. Di un par de bocados antes de darme cuenta de que no estaba comiendo el plato de Piccata. Le dije: "¿Cómo está el tuyo?"

"¡Es delicioso!"

Dije: "La Piccata también es Buena."

"¿Piccata?" ella dijo.

"Te estás comiendo mi pollo Marsala."

Ella dijo: "Realmente me gusta el Marsala." Le ofrecí un

bocado de Piccata.

Lo quitó de mi tenedor y con los ojos muy abiertos exclamó "¡eso es realmente bueno!"

Compartimos los dos pedidos y ella se comió la mayor parte de la Piccata.

Nos quedamos un par de horas mientras compartíamos varias copas más de vino. Hablamos sobre su viaje a casa y cómo sería. Habló de volver a los viejos hábitos y se preguntó si eso era saludable o no. Mencionó que su relación con su padre a veces era tensa.

Le dije: "Recuerdo que cuando regresaba a casa cuando vivían mis padres, mi hermana actuaba como si nunca hubieran salido de casa y cómo se notaba."

También dije: "No es que volver a los viejos hábitos sean buenos o malos. Era como te hacían sentir las viejas emociones. Si la experiencia fue dolorosa, entonces era mejor intentar permanecer desapegado y ver la vieja vida simplemente como eso, la vieja vida, algo de lo que estás dejando atrás.

También dije: "Desearía que mis padres estuvieran vivos para poder seguir hablando con mi papá sobre su tema favorito, la política, y aún así poder dar largos paseos con mi madre. Hicieron cada vez menos a medida que pasaban los años hasta el invierno que no se dirigieron al sur, fue el año en que fallecieron. Me encantaría tenerlos cerca a pesar de que todavía me tratarán como si fuera alguien que necesitaba protección."

La animé a aceptar a su madre tal como era, alguien que te amaba más allá de lo razonable y que no quería nada más que lo mejor para su pequeña, y a estar increíblemente agradecida de que todavía estuviera viva y lo suficientemente sana como para hablar contigo, reprenderte y ayudarte, hazla reír y dile cuánto la amas, ya que puede que sea la última vez." Ella con una amplia sonrisa continuó mirándome a los ojos durante mucho tiempo después de que terminé. También sonreí y sostuve su mirada.

Ella dijo: "Estaba pensando en el frío que hace esta noche."

Nuestro servidor verde preguntó aproximadamente por quinta vez si queríamos nuestro cheque a pesar de que faltaba un tiempo para cerrar. Dije: "¡Claro!"

Pagamos y comenzamos una gélida caminata de regreso a nuestro hotel. El viento se había levantado y ella me tomó del brazo y se acurrucó lo más fuerte que pudo mientras regresábamos apresuradamente.

Ella gritó: "Hace muchísimo frío." Si hubiera sabido que iba a hacer mucho más frío en el viaje de regreso, habría tomado un taxi incluso si solo fuera una caminata de diez minutos. Estábamos decididos a afrontar el frío. Antes de dirigirnos a la habitación cálida de inmediato, nos trasladamos a un pasillo de salida trasero sin calefacción para fumar otro porro.

Antes de volver a salir al frío, me abrazó con una ferocidad que no había experimentado hasta entonces. Nos abrazamos durante un largo rato, agitando los brazos y su cabeza enterrada en mi pecho: ¡un momento espontáneo y sin vigilancia! Fumamos el segundo porro en el pasillo y luego fuimos a nuestra habitación. Eran alrededor de las 10:30 p.m.

Ambos estábamos cansados.

Ya vestida, se acurrucó sobre las mantas y cerró los ojos. Estaba bien si ella sólo quería dormir. Ella había pasado por muchas cosas en las últimas semanas y yo lo había empeorado. No iba a interferir con un empujón por otra cosa. La dejaría dormir. Ella accedió a mantener nuestros planes de cita en Nueva York para reunirnos sólo en el último minuto. No quería tentar mi suerte.

Capítulo 15

"El amor no es un sentimiento blando. Es una elección aceptar a alguien tal como es, sin necesidad de diagnosticar, arreglar o cambiar nada." Desconocido

Ocurrió diez días antes que Nueva York. Mantuvimos correspondencia todos los días desde Montreal. No dejé que el hecho de que ella estuviera saliendo con otra persona me afectara. Ella se había enfermado de gripe, por lo que mi lado compasivo se hizo cargo de cualquier sentimiento de celos. Estaba ocupado con el trabajo y no podía mantener correspondencia con tanta frecuencia. Durante ese tiempo, por descuido envié un mensaje diciendo que estaba ocupado y me disculpé brevemente por no haber escrito. Mi abrupta falta de comunicación no fue intencionada. Mirando hacia atrás, debería haber sido más pensativo. Durante este tiempo ella atravesaba un período difícil.

No supe nada de ella durante un par de días. La llamé. La conversación fue tensa. Ella me informó sobre su condición. Ella no parecía demasiado amigable. Entonces le pregunté sobre sus sentimientos hacia mí. Eso no fue lo correcto. Tenía dificultades físicas, se sentía enferma y lo último que quería experimentar era que la presionaran por sus sentimientos hacia mí.

Ella respondió con irritación: "Dejé claro en Montreal que quiero que sigamos siendo amigos y que continuemos con nuestros intereses mutuos de escribir y el libro."

No era tan difícil de entender que había pasado varios días conmigo como amiga. Estaba entusiasmada con el viaje a Montreal y nada había cambiado desde Las Vegas, excepto su nuevo novio, Fred. De todos modos, los sentimientos entre nosotros no tenían motivos para debilitarse. La había presionado y ella reaccionó como lo haría la mayoría. Pero no lo dejé así. Y debería haberlo hecho.

No pensé que Fred tuviera lo que ella buscaba en la vida. Yo era lo que ella estaba buscando. Había reprimido sus sentimientos por Yuan porque él estaba casado y no abandonaría a su esposa. Ella estaba haciendo lo mismo conmigo. Quería que ella dijera: "Solo te quiero a ti, Carlos."

Más bien escribí: "hazte un favor y cuando estés con tu amigo desafíalo intelectualmente, a menos que tengas demasiado miedo de lo que puedas ver."

Ella respondió: "Hmm, lamentablemente te has desviado con este consejo, pero no hay problema. Realmente te he contado poco sobre él, no sé si recuerdas que hablamos de sapiosexual."

Lo empeoré al decir: "dijiste que te atraía él por su lado nervioso y peligroso. Términos utilizados para describir la inmadurez y el ego. ¿Dónde está el intelecto? Su ambición e intelecto a mediados de los cuarenta es vivir en un barco y transportar turistas en busca de propinas. Míralo. Quiero decir, realmente mira. Obsérvalo con sus amigos sin que él sepa que estás mirando."

Continué: "No te engañes, es todo lo que te pido. Dijiste que es difícil encontrar solteros jóvenes y que tu relación no se basa en el sexo. Eso es conformarse con el segundo mejor lugar. No dijiste que me gusta por su inteligencia. Solo que era nervioso y peligroso, y que él estaba castigado. ¡Espero que esté castigado! Estás comprendiendo, ¿no? Se honesta contigo misma. Quiero que seas feliz, no algo feliz. Te conozco mejor de lo que me crees.

Agregué: "Ustedes son dos personas, una inteligente y sofisticada y otra asustada e insegura. Esta última está "enamorada" del chico nuevo. La primera estaba interesada en mí. Me enamoré de esa chica ☐. ¡Oh! Por cierto, ambos somos sapiosexuales."

Su respuesta: "¡Suficiente!"

Estaba haciendo exactamente lo que no debería haber hecho: criticar a una amiga que le importaba. No tenía ningún derecho y estaba equivocado al hacerlo. No la aceptaba tal cual, sin necesidad de diagnosticar, arreglar o cambiar nada. ¡Culpa mía!

¡La había frustrado! Eso fue lo más lejos que la había empujado. ¿No era suficiente lo que había pasado en las malas relaciones? ¿Por qué estaba aumentando su dolor y frustración con los hombres? ¡Me sentí como un canalla!

Dije: "Es alimento para el libro." Y "Quiero la verdad. Te quiero a TI en el libro. Ayúdame aquí. De lo contrario, ¿por qué escribirlo? Seguí con: ¿Quieres leer lo que he escrito? Éste podría ser un buen punto. No te vayas enojada."

Lucía envió una gran carita sonriente.

A veces no sé cuándo parar. Pero quería que ella me dijera sus sentimientos hacia mí. Quería la verdad. Escribí: "¡Bien, puedo ver a través de esa sonrisa, kiddo! Vamos, enojate. Muéstrame algo, grita y chilla... cualquier cosa menos la farsa..."

Ella respondió con un emoji de cara coronada de hola, luego un signo de despedida, luego un emoji de una persona alejándose mientras meneaba el trasero.

Respondí: "¡Buen movimiento! ¿Y estás huyendo? Dime que no te has rendido. Trabajemos en ello. No siempre puedes correr cuando alguien se acerca a tu verdadero yo. Conozco la grandeza que reside en ti. Saquémosla."

Además, "Has pasado por más dolor del que la mayoría debería soportar. Por eso te he tratado con respeto y ternura. Pero en algún momento la Lucía oculta tiene que salir a la luz." Quería que esa verdad oculta fuera ella diciéndome, me importas.

Seguí eso con: "Primero ámate a ti mismo; todo fluirá desde allí sin esfuerzo. Si operamos desde el miedo vivimos una vida de insatisfacción. Esa es una vida en la que nos conformamos con lo segundo para complacer a los demás y no a nosotros mismos."

"Me alegra que lo sepas", respondió ella.

"Sé que lo sabes, ¿por qué no vivirlo también?" Yo dije.

"Sí, por eso estoy feliz y no me enojo. ¡Buenas noches!"

A los pocos días recibí lo siguiente: "Hola Carlos – Me tomo un respiro para escribir. Creo que deberías saber que debido a las circunstancias que me rodean en este momento no estaba en condiciones de contrarrestar las bromas de nuestra última conversación. No quiero que me analicen ni me encasillen ni me digan lo que piensan sobre cómo estoy reaccionando. Me doy cuenta de que el libro es divertido; sin embargo, si lo haces para "enseñarme" o para "mantenerme en el buen camino" o cualquier variación sobre ese tema, no me interesa. Me siento tentado a renunciar a reunirme contigo en Nueva York para tener un tiempo de descanso.

Ella continuó: "Déjame darte la esencia de lo que estoy manejando en este momento. Tengo que mudarme y encontrar un lugar es agotador, mi exmarido está enfermo. Todavía me estoy recuperando de la gripe. Por favor, entiéndelo finalmente, y finalmente no te amo románticamente y probablemente nunca lo haré. Valoro tu amistad y los intereses mutuos, especialmente en el campo de la escritura."

El Art de la Intimdad

Ha tenido toda una vida de luchas románticas. Entra en una relación tras otra de la misma manera, seduciendo y deseando principalmente placeres sexuales, sólo para aburrirse cuando la presa sucumbe y se convierte en su perseguidora.

Recuerdo que el Amor es involuntario. El amor es un impulso como la sed. Es natural perder el control al principio del romance. Es útil saber que es como una adicción y tratarlo puede ayudar. Fuimos hechos para enamorarnos. La psicología lo define como el deseo ferviente de unión afectiva. Pero ¿qué es el amor? Significa muchas cosas diferentes para las personas.

Me acuerdo de la letra de What is Love, de Haddaway:

¿Que es el amor?

Oh nena, no me hagas daño

no me hagas daño

No más

Nena, no me hagas daño, no me hagas daño

No más

¿Que es el amor?

No, no sé por qué no eres justo.

Te doy mi amor, pero no te importa

Entonces, ¿qué está bien y qué está mal?

El Art de la Intimdad

Dame una señal

¿Que es el amor?

Oh nena, no me hagas daño

no me hagas daño

No más

El sitio web theanatomyoflove.com explica que el romance es uno de los tres sentimientos básicos que han evolucionado para el apareamiento y la reproducción:

El deseo sexual o la lujuria: un anhelo que le permite a uno aparearse con una variedad de parejas que no ama. Incluso puedes sentir el deseo sexual cuando andas en bicicleta o lees un libro.

Amor romántico o atracción: pensar obsesivamente y anhelar a alguien.

Apego: sentimientos de unión profunda con una pareja a largo plazo que le permite permanecer el tiempo suficiente para criar a un hijo y posiblemente más tiempo para cosechar los beneficios de la vida en común.

Las personas se ven afectadas por el irresistible poder de la atracción, ya sea que se llame amor romántico, amor obsesivo, amor entusiasta o enamoramiento. En la mayoría de las relaciones, la intensidad del amor romántico tiende a durar un tiempo fugaz antes de convertirse en apego.

El Art de la Intimdad

Las etapas preliminares del amor romántico incluyen: hacer de la pareja romántica el centro de su mundo, que le guste todo lo que les guste, dificultad para dormir, pérdida de apetito, ansiedad por separación, anhelo, posesividad, pensamientos distraídos y conversaciones interminables por Internet. Lucía tiene estos sentimientos pero dice que no es amor. Sus pensamientos y acciones decían lo contrario, pudiera o no admitirlo alguna vez.

Por último añade: "Dices que no quieres presionarme y te lo agradecería. Estoy en una posición particularmente buena para manejar toda mi vida en este momento y le daré la espalda a cualquier presión o juicio negativo sobre mí o mis amigos que amenace mi equilibrio. Estoy segura de que lo entiendes."

"¡Lo entiendo absolutamente!" Respondí.

"En primer lugar, me preocupaba que lo que había dicho hubiera parecido lo que describes y eso me hace preguntarme si todavía sigue en pie el plan de la ciudad de Nueva York. De ninguna manera te estoy enseñando o presionando conscientemente. Si hubiera sabido a qué te referías, me habría contenido y, de todos modos, debí haber tenido más tacto. Además, me equivoqué en muchos niveles, incluso al preguntarte qué sentías por mí. Entiendo tus sentimientos hacia mí con total aceptación. Lo supe hace un tiempo. Intento no apegarme a lo que podría ser o no. De alguna manera sabía que todo se derrumbaría más temprano que tarde con tu apartamento, tu enfermedad, tu marido y otros problemas. ¡La vida puede acumularlo! Te tengo un gran respeto y admiración y te cuido con cariño. Espero que todavía podamos reunirnos en Nueva York para relajarnos con una agradable cena, con amigos si lo deseas; sin presión, sin juicio, sin enseñanza ni ninguna variación de los mismos."

"Nada se está derrumbando. Gracias por la tranquilidad. Estoy aliviado. Sería bueno tener a Nueva York como un interludio fácil y sin expectativas."

De regreso a ese hotel de Nueva York. No tuve que darle un codazo. Me acosté junto a ella en la cama tamaño king del hotel y comencé a desvestirme cuando ella despertó y se acercó. La rodeé con mis brazos. Ella respondió amablemente. La desnudé. Quité cada capa con mucho cuidado y con mucha delicadeza. Nos besamos apasionadamente y pasamos mucho tiempo abrazándonos, besándonos, acariciando, acariciando, manoseando y haciendo todas las cosas maravillosas con alguien que amas.

Mientras la sostenía con fuerza, tirando y meciendo su pecho desnudo contra el mío, ella entonó un primitivo: "Carlos..." No entendí lo que dijeron después de Carlos.

Le dije: "¿Qué dijiste?"

Ella no respondió.

El Art de la Intimdad

Pregunté de nuevo, todavía sin respuesta. Lo dejo ir.

Se quedó dormida después de que terminamos de hacer el amor. Me quedé despierto pero descansando listo para conseguirle cualquier cosa si lo necesitara. Un par de veces se dio la vuelta, me rodeó con sus brazos y me tomó la mano.

A la mañana siguiente tomamos un desayuno ligero en el hotel. Nos despedimos poco tiempo después.

Después de que nos separamos, escribí: "Cuando leas esto probablemente estarás en casa. Quiero que tengas la mejor visita de tu vida con tu madre y tu hermana. Te aman incondicionalmente. Gracias por el pequeño regalo que estuvo lleno de bondad. Lo apreciaré hasta que los océanos se sequen, las estrellas dejen de brillar y las montañas dejen de estar planas. Mi corazón está lleno de pensamientos sobre una noche maravillosa que pasé con alguien querido, simbolizada por un pequeño granate que llevas alrededor del cuello con gracia y belleza. El Big Ben espera ser nuestro testigo y nuestros oídos en febrero.

En The Dating Fantasy, el Dr. Bochner punto com dice en su artículo: "¡Lo que ves es lo que obtienes! ¿Bien? Bueno no exactamente. Normalmente, cuando dos personas "caen", en realidad no saben mucho el uno del otro. Cuando se trata de las primeras citas, la belleza realmente está en el ojo de quien mira. Quiero decir que quién percibimos que es la otra persona es verdaderamente una fantasía que proviene principalmente de nuestro interior. De hecho, respecto al enamoramiento, se podría decir, lo que ves es lo que quieres."

Cuando nos enamoramos, sin saber realmente mucho sobre esa persona, permitimos que nuestros deseos o miedos dominen nuestra visión de ella. Si una nueva persona parece amable y necesitamos amabilidad, entonces nos sentimos seguros de que la otra persona es verdaderamente amable. Cuando tenemos esa necesidad de bondad, es probable que también le asignemos otros mil atributos maravillosos.

Por otro lado, si esa misma persona parece amable y tendemos a ser desconfiados, o si tememos tener intimidad demasiado rápido, o si nos sentimos más atraídos sólo por personas muy "fuertes", entonces pensamos que está tratando de manipular, o que son demasiado ingenuos, o que están demasiado necesitados.

La verdad del asunto es que vemos a las personas como realmente son sólo con el tiempo. Cuanta más experiencia tenemos con alguien, más sabemos que sus acciones reflejan verdaderamente sus tendencias generales. Cuando conocemos a alguien por primera vez, no solo es probable que veamos lo que queremos ver, sino que también es probable que nos muestre lo que queremos ver.

Esta tendencia a ver lo que queremos ver es especialmente cierta para alguien cuya característica dominante de personalidad es el idealista, una tendencia a idealizar a la persona del deseo en algo que no son, para llenar una necesidad que hace mucha falta. Eso va en contra de todo su modus operandi como sirena, Coquette, Bella y Roué para permanecer desapegada, fresca, tranquila, serena y atractiva.

¡Un enigma! Así, Lucía flota entre mundos que compiten entre sí como una mariposa revoloteando en secretos y besos robados.

Made in the USA
Columbia, SC
25 June 2024

8b707672-1559-4bd5-a1ea-e600de826cb2R01